毒をもって毒を制す
薬剤師・毒島花織の名推理

塔山 郁

宝島社
文庫

宝島社

毒をもって毒を制す　薬剤師・毒島花織の名推理

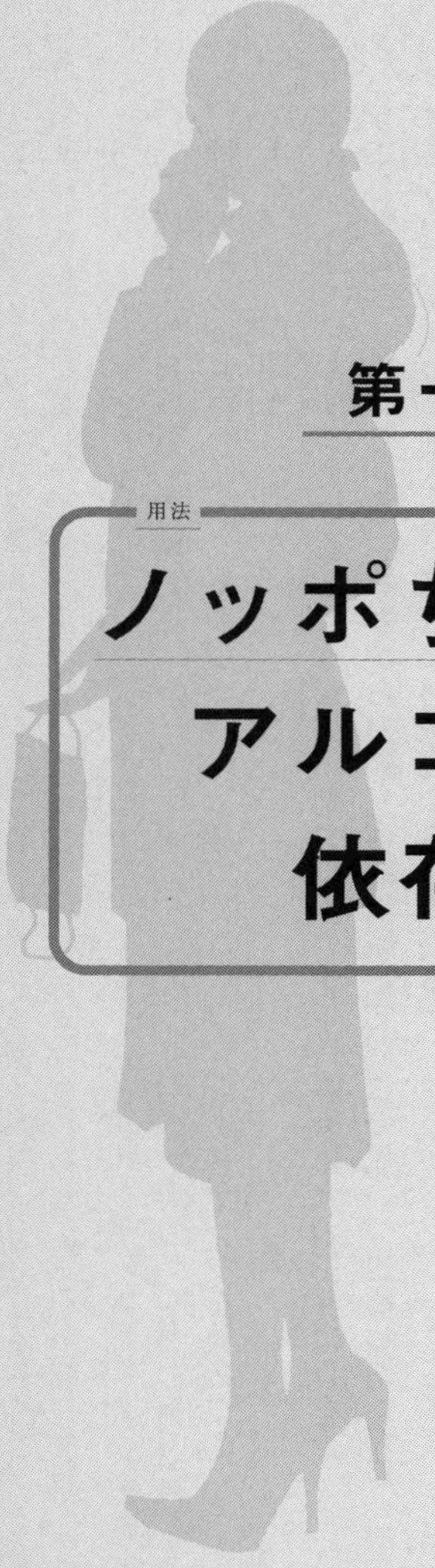

第一話

用法

ノッポちゃんとアルコール依存症

年　月　日

1

二〇二〇年三月四日、水曜日。

神楽坂《かぐらざか》にある〈ホテル・ミネルヴァ〉の会議室では、フロントスタッフを集めてのミーティングが開かれていた。

「みな、すでにわかっていると思うが、新型コロナウイルス感染拡大の影響は日を追うごとに大きくなっている。海外からの観光客は激減して、この先いつになったら元に戻るか、まったく見込みが立たない状況になっている」

責任者である高田《たかだ》総支配人が、眉間に皺《しわ》を寄せて、睥睨《へいげい》するように集まったスタッフの顔を見渡した。白髪《しらが》まじりの髪をオールバックに固めた総支配人が渋面をつくると、なんともいえない迫力がある。フロント支配人の本橋《もとはし》さんをはじめ、スタッフのほとんどは身じろぎもせず、緊張した面持ちで話をじっと聞いていた。

場に漂う緊張した空気に耐え切れず、水尾爽太《みずおそうた》は配られた資料に視線を落とした。

入社三年目の爽太には、そこに書かれた財務諸表の数字が意味するところはよくわからない。

しかし一月以降、ホテルの売上が日を追うごとに悪くなっているのは実感として理解していた。一月の終わりから二月にかけて、外国人旅行客《インバウンド》の予約がどんどん減っていき、二月が終わる頃には海外からの団体予約はほとんどキャンセルになっていた。そして三月になるとさらに国内旅行者の数も減ってきた。

ホテル業界にとって三月の半ばから四月のはじめは書き入れ時だ。春休みの学生と新年度を迎える社会人、そこにインバウンドの予約が重なって、本来であれば春分の日以降は全館満室が続くはずだった。しかし今年は三月になっても新規予約は入らずに、連絡が来たと思えばキャンセル通知という有様だ。

フロントのミーティングに総支配人が顔を出したのもそんな状況のためだった。

普段であればフロント支配人の本橋さんが司会を務め、リラックスした雰囲気でざっくばらんに意見を言い合う場になるが、その日に限ってはみな、固唾《かたず》を飲むように総支配人の言葉を聞いている。

もっとも一人だけそんな空気をものともしない人もいた。

爽太の先輩で、五十歳の総支配人より五つ年上の馬場《ばば》さんだ。

「まったくたかが新顔のウイルスひとつでここまで大騒ぎになるとはねえ」

総支配人の話の切れ間にそんな独り言を口にする。本人としては大きな声を出したつもりはないのだろうが、静まり返っているのでよく響く。

総支配人はちらりと馬場さんを見たが、何も言わずに話を続けた。

「『ここ一、二週間が瀬戸際だ』と政府のお偉いさんは言い続けているが、ここを踏ん張れば好転するという保証はどこにもない。この事態が数か月、半年、あるいは一年以上続く可能性もあるわけだ。厄介なのはウイルスの影響が売上の問題だけにとどまらないことだ。万が一ホテル内で宿泊客の感染拡大を起こしたら、ホテルの信用は著しく傷つくことになる。世間からは被害者ではなく、加害者として見られることにもなりかねない。みな、それを肝に銘じて、ウイルスを寄せつけないような生活態度を取ってもらいたい。業務に就く前後は消毒と手洗いを徹底し、業務中はいついかなるときもマスクをつけること。マスクをつけて接客することが失礼だと言われても、会社の指示でしていると説明してほしい。宿泊客との接触も必要最低限とするように心がけてくれ。スポーツクラブや、ビュッフェスタイルでの感染拡大の危険が指摘されていることを鑑みて、朝食も今後は個別に提供する方法を考えている」

十分ほどそんな話を続けた後で、「私からはそれだけだ。後はよろしく頼む」と本橋さんに言って総支配人は会議室を出て行った。

そこで本来のフロントミーティングがはじまったが、まるで盛り上がることなく進行した。総支配人が退室してみなの気が緩んだこともあるが、予約が激減している状態では、そもそも話し合うような議題がないのだ。

「えーと、四月一日から改正健康増進法が施行されますね。ホテルのレストランが全席禁煙なのは従来通りですが、従業員の喫煙所については今後場所を限定します。敷地内であっても外は禁煙、通用口付近に置いた灰皿も撤去します。フロント、レストラン、客室係とも喫煙は喫煙所のみで可とします」

本橋さんがレジュメを読み上げる。フロント支配人という立場にありながら、部下に偉ぶった態度を取らないのは温厚な性格ゆえだった。もっともその分、部下から舐《な》められ気味なところもある。

「改正健康増進法って、外での喫煙は禁止していないと思うんですが」

喫煙者である笠井《かさい》さんが質問をする。笠井さんは四十代で、奥さんと二人の子供がいる。

「近所からクレームがあったためです。煙草《たばこ》の煙が通気口から室内に入ってくるという苦情が隣のマンションから寄せられました」本橋さんは丁寧に答える。

「それなら喫煙所を他の場所に移動すればいいのでは」と笠井さんは食い下がる。

「ベランダに干した洗濯物に臭いがつくとか、窓から喫煙している姿が見えて不快だというクレームが以前あって、今の場所に変更したことを忘れたんですか。外で喫煙している限り、近隣からクレームがなくなることはないでしょう。ということで今後は喫煙所以外での喫煙は禁止とします。ちなみにこれは総支配人の見解です」

総支配人の名前を出されたら、それ以上は抵抗できない。

「厳しいなあ」笠井さんは肩をすくめる。

「喫煙所で吸えるだけでもよしとしてください。今回の改正で病院や学校は敷地内全面禁煙となったんですから」

そう慰める本橋さんも喫煙者だった。

「そうですよ。休憩室に仕切りを作って、一部を喫煙所にするんです。非喫煙者は休憩室が狭くなるのを我慢するわけですから、それくらいは煙草を吸う人も我慢してください」と笠井さんに言ったのは原木《はらき》くるみだ。

この四月で入社二年目になるくるみは、先輩に対して物怖《ものお》じすることなく、はっきりと自分の意見を口にする。それでいて角が立たないのは、誰にでもわけへだてなく接する性格の賜物《たまもの》だろうと思われた。

「……議題としてはそれくらいです。明るい話はありませんが、とりあえずみなさん健康管理には気をつけてくださいね。仕事中のマスク着用、フロントを離れた際の手洗いを忘れないようにしてください。プライベートでも人の集まる場所に行くことは避けること。カラオケやビュッフェスタイルの会食、大人数の飲み会などは自粛するように願います」

他に意見や質問はありますか、と本橋さんはレジュメから顔をあげて、みなをぐるりと見まわした。誰も口を開こうとはしなかった。

「ではこれで終わりにします」

本橋さんはミーティングを終わらせた。

「大人数はダメでも少人数の飲み会ならいいわけか」

隣に座っていた馬場さんがぼそりと呟《つぶや》いた。

俺から酒と博打《ばくち》を取ったら何も残らない、と普段からうそぶいているだけに、こういう状態でも酒を慎む気はないようだ。それでもホテルの売上が落ちていることは気になるようで、「しかし、ここまで客足が落ち込んだのはさすがに俺も経験ないな」と薄くなった頭に手をやりながら呟いた。

「バブル崩壊にはじまり、アメリカの同時多発テロだろう、リーマンショックだろう、東日本大震災だろう——。色々あったが一度にこれだけ人の動きが止まるのははじめてだ」

指を折りながら馬場さんはため息をつく。

「これじゃあ、オリンピックもダメそうですね」

そばにいたくるみが呟いた。くるみは英語の習得に熱心で、週に数回英会話教室に通っている。オリンピックで海外からの宿泊客が増えることを期待していただけに、それがなくなることが残念なのだろう。

「売上が落ちれば当然給料にも影響が出ますよね。四月の昇給はもちろん、夏のボーナスもどういう数字になるか不安です」

そう言ったのは笠井さんだ。家族がいる笠井さんにはそれがもっとも気にかかることなのだろう。

「家のローン返済があるので、二か月分は出ないと厳しいんですが」

「それはなかなか厳しいな。状況によっては会社の存続が危ぶまれることになるかもしれないぞ」

馬場さんが脅かすように言う。

「俺の知り合いが勤めているホテルでは、夜間は玄関を施錠して、警備員を常駐させる案も出ているって話だぞ」

「警備員に非常時の対応をやらせて、フロントの人件費を削るってことですか」

「そういうことだ。新型コロナウイルスの騒ぎが続く限り、追随するホテルは出てくるだろうな」

ウチのこれも経費削減って言葉が好きだから、まったく安穏とはしてられないな、と馬場さんが親指を立てて言う。総支配人のことを揶揄《やゆ》しているようだ。

「困ったな。そういうことなら副業でもはじめた方がいいのかな」

「いい考えだな。なんだったら俺が指南してやってもいいぞ」

「馬場さんが指南できるのは麻雀《マージャン》かパチンコくらいでしょう。それは副業ではなくギャンブルです。金を増やすつもりでさらに減らしたら、嫁さんに顔向けできないので俺は遠慮しておきますよ」

笠井さんと馬場さんは喋《しゃべ》りながら会議室を出て行った。その後に続こうとした爽太をくるみが後ろから呼び止めた。

「毒島《ぶすじま》さんとはその後どうですか」と声をひそめて訊《き》いてくる。

毒島さんというのは歩いて十分ほどの距離にある〈どうめき薬局〉に勤めている薬剤師の女性だ。

フルネームは毒島花織《かおり》。年齢はたぶん二十九歳か三十歳だ。

直接訊いたわけではないが、薬科大学を卒業した年度から考えるとそれくらいだろう。

仕事中は化粧気がなく、黒縁のスクエアな眼鏡《めがね》をかけて、長い髪をひとつに束ねている。真面目《まじめ》で責任感が強く、薬に関する知識とこだわりには、さすがプロフェッショナルと思わせるものがある。

去年の秋、薬局に処方箋を持って行ったことをきっかけに、爽太は彼女と知り合った。その後も薬に関するトラブルで何度か関わりがあって、馬場さんやくるみもその存在を知っている。特にくるみは家族の相談に乗ってもらったり、トラブルに巻き込まれそうになったところを助けてもらったこともある。ぜひお礼をしたいので会食のセッティングをしてもらえないですか、と頼まれた爽太が段取りをして、三人で食事をしたのが二週間ほど前だった。

「何もないよ。あれからずっと会ってないし」

「えっ、どうしてですか。もしかして告白してふられたんですか」

くるみは興味津々の顔で訊いてくる。

「そうじゃなくて、コロナウイルスの騒ぎが収まるまで外出は控えたいって連絡があったんだ」

接客業に就いている爽太もそうだが、医療従事者である毒島さんは自身が感染することにかなり神経質になっている。

三人で食事に行ったときにそこまでの危機感はなかった。

しかしその後に小中高校の全国一斉臨時休校が政府から要請されて、感染拡大の脅威がマスコミを通じて喧伝《けんでん》されるようになった頃、通信アプリで連絡があった。

どうめき薬局のような小規模の調剤薬局の場合、スタッフに一人でも陽性反応者が出れば、感染拡大防止のために薬局が閉鎖される恐れがある。調剤薬局には地域医療の一翼を担う責任があるので、閉鎖となれば地域社会に迷惑をかけることになる。だからテーマパークや映画館はもちろんのこと、居酒屋やレストラン、カフェ、さらにはスポーツジムに行くのもしばらく控えたい。そういう意味のことが丁寧な言葉で綴《つづ》られていた。

「それって、この騒ぎが収束するまで私的な外出を控えたいってことですか」

くるみが目をまるくする。

「感染の危険を避けることが一番重要なことだから、とにかく我慢するってことらしいね」

「仕方のないことだけど残念ですね。水尾さんとの仲もこれからというときなのに」

くるみは自分のことのように悔しがる。どうやら自分と毒島さんの仲を取りもちたいらしい。ありがたいことだとは思うが、あまりおおっぴらにされるのは好ましくない。肝心の毒島さんにその気がないからだ。

爽太のことを〈非医療関係者でありながら薬に関心がある稀有《けう》な男性〉程度にしか思っていない。知り合って半年が過ぎたこともあり、もう一段階先へ進むためにアプローチをかけようとしていたところに、わき起こったのがこの新型コロナウイルスの騒ぎだった。どれだけ続くのかはわからないが、とりあえず今は毒島さんの意思に従うしかないだろう。

「もしも私にできることがあれば言ってくださいね。水尾さんも毒島さんもいい人だからうまくいってほしいんです」

「ありがとう」

そう言って話を終わらせたのは、いまはこの話に深入りしたくないからだ。ところがくるみの方からそのことを蒸し返してきた。

「全然話は変わりますが、あの日、父がお酒をやめるきっかけになった子供の頃の話をしたじゃないですか」

「うん、聞いた」

どきりとしながら爽太は言った。

「家に帰った後で気になって、あらためて家族に訊いてみたんです。そうしたら話に出て来た疋田《ひきた》さんが一昨年《おととし》に亡くなっていたことがわかりました」

「亡くなっていた……？」

オウム返しに爽太は訊いた。

「はい。胃癌《いがん》だったみたいです」

毒島さんの話が脳裏に蘇《よみがえ》る。

「そうか……亡くなっていたのか」

思わず驚いたような声が出た。

「疋田さんが亡くなっていたことが、そんなにびっくりすることですか」

くるみが訝《いぶか》しげに視線を向けてくる。

「まだ六十代ですけど、すごく若かったというわけでもないですが」

疋田さんはくるみの亡くなったお祖父《じい》さんの妹の息子で、くるみのお父さんとは従兄《いとこ》になる関係だ。そしてくるみから聞いた話のキーパーソンとなる人物でもある。

しかし当のくるみは疋田さんがしたことを知らない。そしてくるみにはそのことを言わないように、と毒島さんからは言われている。

「ごめん。ちょっと声が大きかったかな。別に驚いたわけじゃないから気にしないでよ」

爽太は言い訳をしながら、あの夜のことを思い出した。

行ったのは見番横丁《けんばんよこちょう》にある〈狸囃子《たぬきばやし》〉だ。雰囲気のいい日本酒バーで、どうめき薬局の薬剤師である方波見《かたばみ》さんと刑部《おさかべ》さんと飲むときに集まる店になっていた。

「助けてもらったお礼です」

くるみは最初にチョコレートの箱を毒島さんに差し出した。毒島さんはお礼を言ってそれを受け取った。二人が顔を合わせるのは二回目だが、前回は会話らしい会話はしていない。あらためて話をすると、二人ともお酒が好きで、食事の好みも似ていることがわかった。そして薬という共通の話題もある。

家族で祖母の介護をしているくるみのために、毒島さんは認知症の薬の説明をした。丁寧に薬の説明をしてくれる毒島さんにくるみは感激したようで、途中からメモを取りながら真剣に聞いていた。さらにお酒が進むと、物怖じしない性格を十分に発揮して、結婚観や恋愛観についての質問を毒島さんにしはじめた。

毒島さんは戸惑ったように質問をはぐらかしていたが、アルコールが入ったせいか、くるみの勢いに乗せられたのか、次第に心の内を打ち明けはじめた。

「結婚したいと思いませんか」と訊かれて、「家庭的なことが苦手なので、結婚には向いていないかもしれません」と毒島さんは答えた。するとすかさずくるみが言った。

「それなら家事が得意な男性が好相性ですね。水尾さんなんかどうですか。暇なときは家族の食事を作ったりしているって話も聞いています」

爽太は飲んでいたビールを吹きそうになった。そんな話をくるみとした覚えはない。そもそも料理として作れるのは焼きそばと目玉焼きくらいだ。

しかしくるみは、余計なことは言わないでください、というような目配《めくば》せをして、「年下の男性に興味はないですか」とさらに踏み込んだ質問をした。

「たとえばですが水尾さんをどう思います？」

毒島さんは戸惑ったような顔をしながらも、「真面目で、薬のことに興味ももってくれて、好ましい性格をした男性だと思います」と返事をしたが、「私にはもったいないくらいの男性だと思います」とも言い足した。

リップサービスだろうと爽太は思ったが、「そんなことないです。私はお似合いだと思います」とくるみはテーブルに身を乗り出すように言った。

放っておくと何を言い出すかわからない。毒島さんも戸惑っているようだし、これくらいにしておいた方がいいだろう。爽太は、「そういえば、前に飲んだとき――」と話題を変えた。

前に酒癖の悪い男が近くのテーブルにいて、体質的に酒が飲めないと断る若者に無理強いするのを毒島さんが説教をして止めたことがあった。

その話をするとくるみは興味を示して、「お酒の飲み方に関しては私も思うところがあります。実は父が酒乱だったんです」と言い出した。

くるみの家族は、両親とくるみと弟、そして父方の祖母の五人家族だと聞いていた。

「そうなんだ。この前はそんな話は出なかったけど」

「はい。十年くらい前の話ですから」

「じゃあ、今は違うんだ。すごいね。お酒が好きな人が禁酒するって大変なことらしいけど」

馬場さんの顔が思い浮かぶ。糖尿病の予備軍でいながら、検査も受けずに、酒を控える気もないような人なのだ。ただ馬場さんの場合は、一緒に飲んでいても迷惑をかけられたことはない。一般的には酒乱とは飲んで暴れたり、暴言を吐いたりするような状態を指す言葉だろう。もし馬場さんがそうだったら、誘われても絶対に一緒には行かないと思う。

「子供の頃のことなのでうろおぼえなところもあるんですが、お酒をやめるきっかけはちょっと不思議なことだったんです」とくるみは懐かしそうに口にする。

お酒をやめるきっかけが不思議なこととはどういうことだろう。

「よければその話を聞かせてよ」

話題を変えるためもあるが、興味をひかれて爽太は言った。

「話をしてもいいですが、昔のことだし、お二人が聞いて面白いかどうかはわかりませんよ」

「私も興味があります。原木さんがよければ聞かせてください」

酒乱の方がどうやって断酒をしたのか興味があります、と毒島さんも言った。

「わかりました。じゃあ――」

くるみはその話をした。

それはたしかに不思議な話だった。弟の健介《けんすけ》が魔法を使って父親を断酒させたというのだから。

爽太はきょとんとしたが、話を終えたくるみは満足そうだった。

「この話を他人にするのははじめてなんです。昔を思い出して懐かしい気持ちになりました」

屈託のない笑みを浮かべ、それから時計を見て、「ああ、もうこんな時間」と立ち上がる。

「私は帰りますが、お二人はどうぞこの後も楽しんでくださいね」

爽太がくるみを店の外まで送って、席に戻った。すると毒島さんの表情がすぐれないのに気がついた。

「どうしたんですか」

「……魔法の正体がわかったかもしれません」

「本当ですか」驚いて爽太は言った。

「どういうことか、教えてください」

「あくまでも私の見解で、それが正しいという証拠は何もないですが」

誰にも口外しないという約束で、毒島さんはそれを爽太に打ち明けた。

それを聞いた爽太は唸《うな》った。

もしそうだとしたら話の筋は通る。しかしそれはくるみに打ち明けられる話ではない。

だから翌日、くるみと仕事場で顔を合わせたときもその話はしなかった。そしてその後もその話題に関わることは口にしていない。

それなのにこのタイミングでまさかくるみの方からその話を聞かされるとは——。

疋田さんが亡くなっていた。

爽太はあの日、くるみから聞いた話をあらためて思い浮かべた。

2

「ウチの父親、無類の酒好きで、普段はおとなしいのに酔うと人が変わったように乱暴になる性格――いわゆる酒乱だったんです」

くるみはレモンサワーを飲みながら、懐かしそうに言った。

「お父さんってどんな人なの？」爽太は訊いた。

「一言でいうと存在感が薄いです。無口で、いるのかいないのかわからないんですが、過去には毎晩のように酒を飲んで暴言を吐いたり、暴れたりした時期がありました」

「お酒は完全にやめたんですか」毒島さんが質問した。

「はい。その時期を境に断酒しました。それ以降は一滴も飲んでないと思います」

「それは立派です。アルコール依存症の患者さんにはなかなかやめられなくて困っている人が大勢います。ご家族が酒乱とまで言うなら、お父さんはかなりのお酒好きだったろうと思いますが、それをきっぱりやめたというのは偉いです」

毒島さんに褒められて、くるみは困ったような顔をした。

「どうでしょうか。立派というのとは違うような気もしますが」

「ご家族も協力なさったんですか。アルコール依存症からの脱却はご家族の協力が不可欠だという話をよく耳にしますけれど」

「協力といえるのか……実は弟の健介がからんでいます。父がお酒をやめたのは、健介が魔法を使ったからなんです」

意味がわからずに毒島さんは目をパチパチさせた。爽太も聞き間違いかと思って、くるみの顔を見た。

「すいません。それだけでは意味がわからないですよね。順番に話します。私が小学五年生で健介が二年生の頃でした。当時の父は、家の中でも外でも、とにかく毎晩飲んでいるような人でした。普段は物静かで、家にいてもほとんど喋らないんですが、お酒が入ると人が変わったように饒舌《じょうぜつ》に喋り出すんです。それが楽しい話ならまだいいんですが、そうじゃないのが困ったところでした」

区役所に勤めている父親の口から出るのは、上司や同僚、部下への文句や悪口、仕事に対する不満ばかりだった。上司の名前をあげて、見る目がない、能力もない、そのくせ高給をもらっている、と文句を並べたかと思えば、部下の名前を順番にあげて、あいつはここがダメ、こいつはここがダメ、あの女は問題外だ、と順番にこきおろす。

それ以外に人づてに聞いた噂《うわさ》話を、さも自分が見聞きしたように得意げに話すのが子供心にも嫌だった、とくるみは言った。

「役所の人なんて私たちは誰も知らないのに、お酒を飲みながらそんな話ばかりするんです。それで父親の晩酌がはじまると、私も健介もその場を離れるようになりました。そうすると今度は、『どうして父親の話を聞かない。俺が帰ってくるとどうして逃げ出すんだ』と怒るんです」

母親が意見しても父親は聞かなかった。ただ当時まだ元気だった祖母が、『いい加減にみっともない真似《まね》はやめなさい』と叱《しか》ると、さすがにバツが悪くなったのか、家での晩酌はやめたという。

「でも家では飲まない代わりに、遅くまで外で飲むようになったんです」

外では止める人がいない分、酒量はどんどん増えていく。

帰ってくる時間が十時、十一時と遅くなり、ついには十二時を過ぎても帰ってこないようになった。そして帰ってきたら帰ってきたで、さらに酒を要求して、断ると大声をあげて騒ぎ出す。

家族はすっかり困ってしまったとのことだった。

「それは大変でしたね」毒島さんは同情するように頷《うなず》いた。

「お酒に強い弱いは、体内のアセトアルデヒド脱水素酵素遺伝子の型で決まるんです。アセトアルデヒド脱水素酵素には分解能力が高いN型と、突然変異で分解能力が低下したD型の二つがあって、その組み合わせでアルコールの分解能力に差が出るんです。

でもお酒が入ると性格が一変する人や、飲んでいたときの記憶が残っていない人については、どうしてそうなるのかはよくわかっていません。酒乱にならないためにはお酒を控えるしか方法がないんです」

しかし酒好きの人が、自らすすんで酒を断つことは滅多にない。くるみの父も例外ではなく、酔って財布を落としたり、とんでもなく遠くからタクシーに乗って帰宅したりで、金銭的なことでも家族に迷惑をかけていた。

「そんなことが続いて、あるとき嫌気がさした母が家にあったお酒をすべて捨てたんです。日本酒やウイスキーが残っていて、外で飲み足りなかった父が、帰った後でそれを出せと言い出すことがよくあったんです。でもそこで飲ませたらまた大変なことになる。それで母は家のお酒を全部捨てたんです」

中身をすべて流しにあけて、瓶の中には水を詰めておいたそうだ。そうとは知らない父がそれを飲んで、なんだこれは、と怒り出した。そのときはこれまでにない騒ぎになったそうで、怒り狂った父は母親のみならず、止めに入った健介にも暴力をふるったという。

「母と揉《も》み合いになったんですが、父は小柄で非力なので母を跳ね飛ばすこともできず、相撲《すもう》の取り組みのようになったんです。祖母と私がまわりで、『やめて、やめて』と叫んでいたら、健介が母を助けようと飛び込んで――」

健介くんとは一度会ったことがある。中高一貫の都立高校に通っていて成績は優秀とのことだが、線が細く、ひょろりとした感じの男の子だった。自ら揉め事の仲裁に飛び込んでいくようなタイプには思えない。

「へぇ、そうなんだ。勇気があるね。見直したよ」爽太は感心したが、

「あるのは勇気だけですね。結局、跳ね飛ばされて、あっさり転んであばら骨を折りました」とくるみは笑った。

子供に怪我《けが》をさせたということで父もさすがに反省したようで、救急車を待っている間、すまない、と手をついて謝ったそうだ。もっとも救急車に乗って病院に付き添ったのは母で、父はその直後には高鼾《たかいびき》で寝てしまったわけだけど。

健介が怪我をしたことに一番心を痛めたのは、父の実母である祖母だった。

くるみが生まれる前に亡くなった祖父がやはり酒好きな人だったのだ。若い頃から浴びるように酒を飲む人で、肝臓がんで亡くなったが、入院中も看護師の目を盗んで飲酒をするような人だった。普段はおとなしいのに、酒を飲むと人が変わったようになり、言葉も行動も荒っぽくなるところもよく似ていた。

そんな父親を見て育ったから、あの子も同じようになったのだ。

アセトアルデヒド脱水素酵素云々という理屈を知らなくても、酒の強さが血筋で決まることを人は経験で知っている。このままにしておけば健介も父親と同じような飲

み方をする男になるだろう。

そんな心配をした祖母が頼ったのが親族の疋田さんだった。酒が好きなことにかけては父以上とも言える存在で、三十歳を目前にしてアルコール依存症になり、幾多のトラブルを起こした挙句に会社をクビになったという過去を持っていた。その後は荒れた時期を送ったこともあったが、酒場での喧嘩《けんか》で逮捕されたことをきっかけに、このままでは人生を棒にふると一念発起して、病院で治療を受けて、酒断ちをしたという。

祖母から相談を受けたときは結婚し家庭をもって、静岡県の焼津《やいづ》に住んでいたがわざわざくるみたちの家まで来てくれた。父にアルコール依存症を脱するための方法をレクチャーするためだ。

しかし父は終始のらりくらりした態度に徹して、病院で治療を受けることも、禁酒会のような自助グループに参加することも嫌がった。健介に怪我をさせたことは悪いと思うが、同じことは二度としない、酒の量を控える努力をする、と言い張った。

疋田さんの偉いところは、そんな父を非難も無理強いもしなかったことだ。

父との話し合いが不調に終わると、話の方向を百八十度変えて、『いま六月だから、夏休みになったらくるみと健介を焼津に遊びに来させないか』と祖母と母親に言ったそうだ。

『酒を飲んで暴れる父親の姿は子供に悪い影響しか与えない。酒飲みの父親を見て育った子供の不幸は、世の中には酒を飲まない大人がいることを知らないことにある。このまま大人になれば、くるみも健介も酒を飲む人生を歩むことになるだろう。だから二人には、世の中にはそうではない大人がいて、そうではない人生があることを教えてやりたいんだ』

疋田さんの言葉を聞いて、母と祖母は頷かざるをえなかった。

もっとも当時のくるみにそこまでくわしい事情は知らされなかった。それはもっと後になって聞かされたことだ。

当時のくるみは、夏休みに健介と二人で疋田さんの家に遊びに行かないか、と祖母から言われて、即座に断った。親戚とはいえ、よく知らない人のところに遊びに行くのが嫌だった。疋田さんの子供は高校生の男の子だし、夏休みは友達と遊びに行く約束も入っていた。祖母が一緒というならともかく、健介と二人だけでそんなところに行きたくない。

しかし健介は興味を示した。疋田さんの家が海のそばで、釣りができると聞いたせいだ。健介も一人で行くのは不安なのか、一緒に行こう、とくるみを何度も誘ってきた。しかしくるみは頑として受け付けなかった。それで健介が一人で行くことになったのだ。

健介がいない間、くるみは祖母の部屋で寝た。

祖母の部屋は奥まった場所にあり、玄関や居間の声があまり響いてこなかった。仏壇があって線香の臭いがするのが気になったが、そこで寝ている限りは、夜中に帰ってくる父親の怒鳴り声で目を覚ますこともない。そうなってみると、もっと早くこうしていればよかったという気になった。

「健介がいないことは寂しかったです。でもそれよりも快適さが上回った感じです。このまま健介が帰ってこなくてもいいかもしれない、とそんなことまで考えました」

とくるみはぺろりと舌を出した。

しかしもちろん健介は帰ってきた。

戻ってきた健介は久しぶりの自宅に緊張しているように見えた。戻ってきて嬉《うれ》しいと思う半面、また子供部屋で寝ることにくるみは不安を覚えた。

健介がいない間も、父は相変わらず酒を飲んで夜遅くに帰ってきた。居間の隣にある子供部屋で寝ていると、父が帰ってきて騒ぐ声が筒抜けだった。

健介が戻った日も、父はやはり遅くに帰ってきて、そしていつものように大声で騒いだ。祖母の部屋が快適だった分、くるみはこれまで以上の辛《つら》さを感じた。それで布団の中でつい泣いてしまった。

「こんな家、もう嫌だ。他の家の子になりたい」

そんな台詞《せりふ》がつい口から出た。すると隣で寝ていた健介が顔を寄せてきた。

「大丈夫。僕がなんとかするから」

「なんとかって何よ。あんたに何ができるの」

「疋田さんからお父さんにお酒をやめさせる方法を教わった」

くるみは跳ね起きた。

「本当? どうやって? どんな方法でお酒をやめさせるの」

しかし健介は首をふった。

「それは言えない」

「どうしてよ」

「疋田さんと約束したから」

「約束って何よ。そこまで言ったら教えてよ。ねえ、お願い。誰にも言わない。ここだけの秘密にするから」

くるみの勢いに、健介は困ったような顔をした。そして「……魔法を教わったんだ」とぼそりと言った。

「魔法って、何よ、それ」わけがわからずくるみは訊いた。

「お酒が嫌いになる魔法だよ」

それを聞いて、胸の中に膨らんだ期待が急速にしぼんだ。

——魔法とか本気で信じているとかありえない。こいつ、私の弟にしては頭がいいと思っていたけれど、実際はまだお子様だったということか。

しかしくるみがあからさまに落胆したことで、逆に健介はむきになった。

「本当だよ。本当にそういう魔法があるんだよ」

「そんなの嘘《うそ》に決まっている。あんた、疋田さんにからかわれたのよ。魔法なんかこの世にないわ。それくらい二年生ならわかるでしょう」

健介の本棚には〈ハリー・ポッター〉シリーズが並んでいる。きっとファンタジー小説の読み過ぎで、現実と空想の境目がわからなくなったのだ。

「本当だよ。疋田さんも親切な人にこの魔法をかけてもらって、それでお酒が嫌いになれたんだ。疋田さんはお酒をやめられて幸せだったと言っている。ウチのお父さんにもそうなってほしいから、僕にこっそりそれを教えてあげるって言ったんだ」

健介があまりに熱心に言うので、「どうやってその魔法をかけるのよ」とくるみは質問した。

「それは言えない。他人に言ったらいけないって言われているんだ」

「私は家族で他人じゃないわ。いいから早く言いなさい」

「……言えない。でも、魔法の名前だけなら言ってもいいよ」

「それでもいいわよ。なんて魔法？」

「……ノッポちゃん」と健介は言った。

「ノッポちゃん？　何それ。変な名前」とくるみは答えた。

「いいじゃないか。そういう名前の魔法なんだよ。明日から使う。うまくいけば数日でお父さんは酒が嫌いになるはずだよ」

自信満々というわけではなく、どこか不安そうな口調で健介は言った。それでわかった。健介もその魔法を本気で信じているわけではないのだ。教えられて、それにすがらないではいられない心情になっているだけだ。

そう思ったら、本気で悲しくなってきた。家族も疋田さんもみなお父さんにお酒をやめてほしいと思っている。でも誰もやめさせることはできない。お父さんが自分でやめると決めない限り、誰もそれを強制することはできないのだ。

そんな当たり前のことをあらためて思ったら、なんだか辛くなってきた。くるみは余計なことを言うのをやめた。お父さんを思う気持ちは自分も弟も同じなのだ。

これ以上、二人で喧嘩をしても仕方ない。

「……うまくいくといいね」

涙が出そうになって、くるみは急いで布団の中に潜り込んだ。

「もちろん魔法なんて信じてなかったです。健介が疋田さんに騙《だま》されたのだろうと思ってました。騙されたといっても疋田さんに悪気はなくて、健介の気持ちを思って、それらしい嘘を言ったのだろうと思ったんです」

当時を思い出したのか、くるみはしんみりした声で言った。

しかしばらくすると、『酒が不味《まず》くなった』と父親は言い出した。

酒量がだんだん少なくなって、その後、酒をやめる方向に足を踏み出した。その日を境にすっぱりやめられたというわけではないが、病院で治療を受けたり、断酒会に通ったりして、なんとかお酒を遠ざけることに成功した。それには疋田さんの力も大きかった。事情を聞いたらしい疋田さんは、また家に来てくれて、アルコール依存症の治療ができる病院を探したり、断酒をしたい人が集まる自助グループに付き添ったりと何かと世話を焼いてくれたのだ。

「それ以来、お父さんはお酒をまったく飲んでないの？」

爽太の質問にくるみは、はい、と頷いた。

「父の言葉を信じるなら、一滴も口にしていないということです」

「それはすごいね。それでその魔法って、結局何だったのかな」

「問題はそこなんですよ。健介のヤツ、それを訊いても秘密だと言って、教えてくれなかったんです」

子供の頃は、父親が酒乱だったと打ち明けるのが嫌で誰にもその話はしなかった。

そして思春期を過ぎた後は、なんだか意味がわからない話に思えて、他人にするのは気がひけた。

「後になってから、あの魔法って何だったの、と訊いたこともあったんですが、健介はとぼけるばかりで絶対に言おうとしませんでした。だからこの話を他人にするの、実は今回が初めてなんです」とくるみは言った。

「疋田さんには確認できないの？」爽太は訊いた。

「家に来てくれたのはその二回だけで、それ以降は交流がないんです。祖母が認知症になった今では連絡のとりようもないですし」

「お父さんなら連絡先を知っているんじゃないのかな」

「それはそうですが、でもわざわざ電話をして訊くほどのことだと思います？　今となっては昔そういうことがあったという話で終わりです。それでも父がお酒をやめたのは疋田さんのお陰だと深く感謝はしています。疋田さんがあれだけ親身になって相談に乗ってくれたから、父もお酒をやめる気になったんです。疋田さんには感謝の気持ちしかありません。だから今さらあの魔法って何だったんですかとか訊けないです」

くるみは疋田さんに対する感謝の言葉を添えて、その話を終わらせた。

3

「これで話は終わりです。そういうわけでそろそろ――」とくるみは時計を見て、「あ、もうこんな時間」と立ち上がった。

「私は帰りますが、お二人はどうぞこの後も楽しんでくださいね」

意味ありげに爽太の顔に目をやって、「今日はありがとうございます。また薬のことを教えてください」と毒島さんに笑いかけた。

しかし毒島さんはまったく関係のないことを口にした。

「……つかぬことをおうかがいしますが、お父さんは車の免許をもっていますか。お酒をやめた当時のことですが」

くるみは不思議そうな顔で頷いた。

「はい。もってました」

「あと、仕事で車を運転することはありましたか」

「いいえ。今もそうですが、日常的に運転する仕事ではありません」

たしかに日常的に運転する仕事に就いているなら、毎晩酩酊《めいてい》するほど深酒できるはずがない。

「最後に、当時ご自宅に車はありましたか」

「いいえ……ありません。家族で出かけるときは電車かレンタカーを使っていました」

かすかに眉をひそめてくるみは答えた。経済的な事情を勘繰《かんぐ》られたように思ったようだ。

「すいません。変なことを訊きました」

それに気づいたのか、毒島さんは急いで謝った。

「構いませんが……もしかして魔法の正体がわかったんですか」気を取り直したようにくるみは訊いた。

しかし毒島さんはゆっくり首を横にふった。

「期待に沿えずに申し訳ありません。今の話だけではわかりませんでした。お酒の飲み過ぎで、車の運転に支障が出るようになり、それでお酒をやめたのかと思ったのですが、私の勘違いのようですね。変なことを訊いてごめんなさい」

毒島さんにしては珍しく、とってつけたような言い訳だった。

しかしくるみはそれ以上、質問を重ねることはしなかった。

「いいんです。子供の頃の話ですし、答えがあるとも思っていません。それより私のつまらない話を最後まで聞いてもらってありがとうございます」

笑いながらくるみは出口に向かい、爽太も立ち上がって外まで送った。席に戻ると毒島さんは顎に手を当てて考え込んでいる。

「いまの原木さんの話ですが、聞いていてどう思いましたか」

　酔い覚ましに注文したウーロン茶を飲みながら、毒島さんは呟いた。

「そうですね。魔法というのは彼女の聞き間違いか、勘違いではないでしょうか。家族と昔話をしていたら、現実だったと思っていたことが、実際は違ったということは僕にも経験がありますよ。幼い頃に家に犬がいた記憶があって、それはウチで飼っていた犬だと思っていたのですが、実は隣で飼っていた犬を一時預かっていただけだったとか。だから」

　自分の経験を引き合いに出して答えたが、毒島さんは返事をしなかった。どうやらそういう答えが欲しかったわけではないようだ。

　毒島さんの眉間に深い皺ができている。こういう顔つきになるのは、気になることがあるときだ。

「どうしたんですか」と訊いてみた。

「……魔法の正体がわかったかもしれません」

「本当ですか」

「あくまでも私の見解で、それが正しいという証拠は何もないですが」

　毒島さんはどこか言いづらそうだった。毒島さんは他人の噂話をほとんどしない。薬剤師という仕事柄なのか、確証のない情報を流布する危険性については人一倍気を使っている節がある。その口の濁し方から、毒島さんの言おうとしていることがなんとなくわかった。

「もしかして魔法の正体は薬ですか」

毒島さんは口を結んで頷いた。

「ノッポちゃんの正体はノッポビンという薬ではないかと思います。一般名はジスルフィラム、抗酒薬や嫌酒薬として処方されている薬です」

つまりお父さんが酒をやめたのは、健介くんがこっそりその薬をお父さんに飲ませたから、ということか。しかしお酒をやめるための薬なんてあるものなのか。健介くんの行動よりも、まずそこに驚いた。

「薬を飲めばすぐにお酒がやめられるというわけではありません。アルコール依存症の治療に使われている薬はおおまかに二種類あって、そのひとつがノッポビンのようにアルコールの分解を抑制する薬です。これを服用するとお酒が飲める人でも、すぐに吐き気や頭痛、悪心《おしん》等を感じるようになります。このタイプの薬は、日常生活の中でお酒を飲みたくなっても、飲んだら気分が悪くなるからやめようと思わせることで断酒効果を現します。それとは別に中枢神経に働きかけて、飲酒欲求そのものを抑える薬もあります。テグレクト、一般名をアカンプロセートといいます。それぞれ効果が違うので両方を併用することもありますが、率直に言ってどちらも、飲むだけでお酒をやめられるものではありません。アルコール依存症の治療は、通院や自助グループ参加などの社会的治療が基本であり、薬物の使用はあくまでもそれを補完するための行為です」

薬の話をするときの毒島さんは、誤解や曲解、あるいは知識を悪用されることに極端に気を使う。

「この薬を使用するにあたっては、禁忌や副作用に注意する必要もあります。禁忌はたとえばノッポビンを重篤な心障害、肝・腎障害、呼吸器疾患のある患者さんが服用すると、原疾患が悪化する恐れがあります。アルコールを含む医薬品や食品、化粧品を使用、摂取中の人も注意しないといけません。想定しない症状が出る危険性がありま す。また妊娠している人も使用できません。副作用として眠気が出たり、注意力・集中力・反射運動能力の低下が起こる恐れがあります。だから服用中は、自動車の運転など危険を伴う機械の操作に従事しないように注意する、という注意事項が添付文書に記載されています」

それでさっきくるみに車の運転のことを訊いたのか。

「健介くんは副作用のことを知っていたのでしょうか」

「健介くんは知らなかったでしょうね。薬の提供者である大人——疋田さんは当然知っていたと思いますが」

毒島さんはあっさりそれを口にした。

「やっぱり疋田さんが健介くんにそれを渡したということですか」

「原木さんの話から考えれば、必然的にそういう答えが導き出されます」

疋田さんは自らがアルコール依存症に苦しんでいた。専門の病院に通院して、治療を行うことでそれを克服したのなら、ノッポビンやテグレクトを服用した可能性は高いだろう。

「継続して服用することで効果を得る薬ですので、禁酒した後も疋田さんの家に薬が残っていてもおかしくはありません。本人が真面目に服用していたなら、医師や薬剤師の説明もよく聞いていたことでしょう。それならば服用時に注意するべきことは知っていたと思います」

「日常的に運転することはないし、自宅に車はないことを確認したうえで、疋田さんは薬を健介くんに渡したのですね」

「そうだと思います。でもそれだけで安全は担保できないですが」

毒島さんの眉間には太い皺が三本もできている。

「どんな既往症をもっているかもわからない人に、勝手に薬を飲ませるなんて言語道断な話です。思わぬ事故を招きかねない危険な行為ですし、そもそも本人の同意なく薬を飲ませることは明らかな人権侵害です。健介くんやご家族への同情や善意から行ったことだとしても、絶対にしてはいけない行為です」

言い方は静かだが、声には抑えた怒りが満ちている。

「夏休みに二人を遊びに来させたら、と疋田さんが申し出たのは、それを考えてのことだったのでしょうか」

「それだけのために二人を呼んだとは思いたくないですね。酒を飲まない大人がいて、酒を飲まない家庭があるということを教えたかった、という疋田さんの言葉は本心だと思います。ただそれでは根本の解決にならないことをわかっていた。それでやむにやまれず薬を使った——ということだと思いたいです」

毒島さんが怒りを抑えようとしていることは爽太にも伝わった。

「いい結果で終わったのは運がよかっただけです。一歩間違えば事故が起きる危険性もありました。薬を飲むだけでお酒をやめることはできません。禁酒や断酒をするには、まずは本人がお酒をやめるという強い意志をもつことが必要です」

毒島さんは強い口調で言い切った。

爽太は頷くことしかできなかった。

これは他人の家で起こったことで、しかも十年も前の話なのだ。証拠となるものは何もないし、健介もくるみに本当のことを言うつもりはないようだ。

それならいまさら蒸し返しても仕方がないだろう。これはすでに終わったことなのだ。

「はっきり言って、この結論が間違いであってくれればと思います。判断力のない子供を使って、本人に内緒で薬を飲ませようとするなんて、たとえ善意であっても正しい行為ではありません」

毒島さんは自分を納得させるように言ったが、どこか無理をしているような気配はぬぐえなかった。

「そしてもうひとつ気になるのは健介くんのことです」

過去にお祖母さんの認知症の薬がなくなったことを指しているのだろう。

お祖母さんが何種類か飲んでいた薬の中で、ある特定の薬だけがなくなることが何度かあった。くるみは爽太を通じて毒島さんに相談した。毒島さんは話を聞いただけで、健介くんが関わっているという真相を見抜いた。

「健介くんが薬について、軽く考えている節があるということですか」

「軽く考えているのか、過信しているのか……。どちらにしても本来と違った使い方をしてほしくはないです。彼が聡明《そうめい》であるだけに気になります。生半可な知識で使うと思わぬしっぺ返しを喰《く》らう危険がありますから」

毒島さんの口は重かった。

「心配なら、僕がまた健介くんに会って話をしてもいいですが」

前の相談も、最終的にはくるみだと感情的になる恐れがあるということで、爽太が代わって話をしたのだ。

爽太の言葉に、毒島さんは顎に手を当て考え込んだ。

「――いや、やめておきましょう。たまたま聞いた過去の話を蒸し返したところで、いまさらという気持ちになるだけでしょうから」

中途半端な結論だが、話がくるみの耳に入り、さらに揉めても困るだろう。

毒島さんは自分でも納得しきれていないような顔をしているが、それはどうにも仕方ないことだった。

くるみには何も言わない、この話は誰にも口外しない、とあらためて毒島さんと決めた。

「実はさっきの原木さんの話で、もうひとつ気になったことがありました」毒島さんは思い出したように言った。

「なんですか」

「お祖母さんの話の中で、お祖父《じい》さんもお酒好きだったという話がありましたよね。そんなお祖父さんを見て育ったから、お父さんも同じようになった。ならばお父さんを見て育つことで健介くんもそうなるかもしれない。そんな風に考えて疋田さんに相談を持ちかけたという話でした」

「お祖母さんが健介くんのことだけを心配したのは、健介くんが男の子だからでしょうか。くるみさんは女の子だから、遺伝の影響を受けないと思ったのかもしれませんね」

「そうですね」

「水尾さんは、それを聞いておかしいと思いませんでしたか」

爽太はくるみの話を思い出した。しかし特におかしいところは思いあたらない。

「原木さんのお宅にはくるみさんと健介くんという二人の子供がいるのに、どうしてお祖母さんは健介くんのことだけを心配したのでしょうか。酒飲みのお父さんを見て育つことで、将来お酒の問題を抱えると思うなら、それはくるみさんも同じです。お祖母さんは健介くんだけではなく、くるみさんのことも心配するべきだった。くるみさんは気にしていないようでしたが、私はそういう風に思いました」

言われてみるとたしかにそうだ。

「それは男の子なら父親を、女の子なら母親をモデルにして育つという認識があるせいじゃないですか。あるいは一般的に男性に酒乱が多いという思い込みかも。お祖母さんの年代の方なら、そういった風に思うのはありがちなことだとも思いますが」

「たしかにそういう思い込みはあるでしょう。でも実際には女性の方が男性よりもアルコールに耐性がないんです。原因のひとつとして、筋肉に含まれる水分がアルコールを薄める役割を果たしているためで、筋肉力の少ない女性ほどアルコールの影響を受けやすいからということがあげられます。年代として考えてお祖母さんが、そういったことを知らないのは仕方なかったと思います。ただ、父親が過度の飲酒で家族み

んなを傷つけているのに、健介くんの将来だけを案じて疋田さんに相談したというこ
とが、どこかちぐはぐな感じがして気になりました」

毒島さんは言いづらそうに口にした。

「それに対して疋田さんは違う考えを持っていたように思います。夏休みに子供二人で家に来るように誘っています。いま現在、苦しさの中にいる子供たちを何とか助けてあげたい、楽しい思いをさせてあげたいと思っていたのではないでしょうか。自身が苦労された分、健介くんだけでなくてくるみさんのことも心配していた。話を聞いて、その気持ちがわかったように思います。それだけに最後に安易で乱暴な方法を取ったと思われることが残念でなりません」

毒島さんは大きく息を吐き出した。

毒島さんが抱えた鬱屈が伝わったように空気が一気に重くなる。

それからは話も弾まないままに、そろそろ帰りましょうか、とどちらからともなく声を出した。楽しんでください、というくるみの言葉とは裏腹に、気まずい空気のままで席を立った。

その疋田さんが亡くなっていた。

「そうだったのか。残念だったね」

爽太は慰めようとしてそう言ったが、くるみは不満そうだった。

「それで聞いてくださいよ。疋田さんのことは健介から聞いたんですが、あいつは亡くなったことを知っていたんです。お父さんに連絡が来て、健介はそれを聞いたって言うんです。でも私は知らなくて、どうして教えてくれないのって怒ったら、『お姉ちゃんは疋田さんに興味がなかったじゃないか。夏休みに遊びにも行かなかったし、わざわざ言う必要もないと思ったんだ』としれっとした顔で言うんです。ちょうどお祖母ちゃんの認知症が進行していた時期だったらしいので、お悔やみの電報を送って、お通夜や告別式にも行かなかったということなんですが、でも私にも一言あってしかるべきじゃないですか。そう文句を言ったら、『お姉ちゃんこそ、今になってなんでそんなことを言うんだよ』と私のことを疑うような目で見るんです」

──これまで疋田さんのことなんか、一度も話題に出したこともないのに、どうして今になってそんなことを言うのさ。

そう問いつめられて、くるみは毒島さんに魔法の話をしたことを、健介くんに言ったという。

「したの？　あの話を」健介くんは驚いたように言ったそうだ。

「昔の話だし、別に問題ないでしょう」くるみは答えた。

「他人にべらべら話す内容じゃないよ。父がアルコール依存症だったなんて、恥ずかしくて俺は人に言えないね」健介くんは顔をしかめた。

「私は気にしないわよ。毒島さんは他人の秘密をよそで喋ったりしないもの。薬剤師だから個人情報の守秘義務についてはきちんとしている。それはあんたも知っているでしょう」

くるみの反撃に、健介くんは一瞬怯《ひる》んだ顔をした。

「じゃあ、それは、いいや。それで話を聞いて、その薬剤師の人――毒島さんは何か言っていた？」

「何かって何よ」

「いや、たとえば魔法の秘密がわかったとかさ」

「言ってないわ。そんなこと。そのときお父さんが運転免許をもっていたかとか、ウチに車があったかとかは質問されたけど」

くるみがそう言うと、健介くんはいきなり笑い出したそうだった。

「笑い出したの？」爽太も驚いた。

「はい。それでその後、『さすがだな。やっぱりそれだけでわかるのか』って言うんです」

——やっぱりそれだけでわかるのか。

それは毒島さんの推理が当たっているという意味だろう。

「何のことを言っているのよって私が訊いたら、仕方ないな、それなら本当のことを言うよって言い出して」

それでそのときのことを打ち明けたそうだった。

「正直に言うよ。実は僕は魔法をお父さんに二回使った。でもはっきりした効果は出なかった。疋田さんの話ではもっと続ける必要があるようだった。でも三回目にお父さんに見つかったんだ。お父さんは魔法を使った僕の様子を訝しんで、何をしているんだと問い詰めた。僕は焦った。まさか見つかるとは思っていなかったからさ。嘘をつく余裕もなくて、つい本当のことを口にした。お父さんはすごく怒った。すぐに疋田さんに電話をして、子供に何を吹きこんだ、なんでこんなことをさせるんだ、と怒鳴ったんだ」

ここからは健介くんが後から疋田さんに聞いた話だ。

電話を受けた疋田さんは、すぐにお父さんに謝った。それからそんな方法を取らざるを得なかった理由を説明したそうだ。

『夏休みの間、健介からお前の話を聞いたよ。それで俺は本気で危惧した。このままでいれば子供たちも同じように酒に溺《おぼ》れる人生を送るだろう。子供は親の姿を見て育つ。酒には勝てないという気持ちを子供の心に植えつけてはいけない。自分を変えられるのは自分だけだ。もしも酒をやめると決心してくれるなら、俺は協力を惜しまない。地獄を見た俺だからこそ言えることなんだ。頼む。酒をやめてくれ。子供たちのため、家族のため、そして自分のためにそう決めてくれ』

本気でそう懇願したのだという。

「お父さんは電話を切るとそのまま外に出て、夜遅くにやっぱり酒を飲んで帰ってきた。だから、ああ、やっぱり失敗したんだ、と僕は思った。でも数日したら、その魔法を俺に教えてくれと言ってきた。びっくりしたけど、もちろん教えたよ。疋田さんから聞いた正しい魔法の使い方を」

それは健介くんがノッポビンをお父さんの食事にまぜようとしたけれど、見つかって逆に問い詰められたということか。怒ったお父さんは疋田さんに電話をした。しかし逆に説得されて、その後であらためて自分の意志で薬を使うことを決めたのだ。

「それで健介のやつ、毒島さんにメッセージを伝えてほしいって言うんです。お節介な薬剤師さんは、きっと俺のことを心配しているだろうから、と言って――」

俺には前科があるからたぶん心配していると思うんだ、でももう同じ過ちは繰り返さない、三度目は絶対にないからそれを伝えてくれ、と健介くんは言ったそうだ。

「でも、それ以上は何を訊いても教えてくれないんです。前科っていうのは祖母の薬がなくなった件ですよね。それはわかりますが、三度目は絶対にないってどういう意味なのか」

水尾さんはわかりますか、とくるみは不満げな顔で爽太を見た。

爽太は動揺を顔に出さないように努めた。そして少し考えるふりをしてからゆっくり首を横にふった。

「わからない。どういう意味なんだろう」

「水尾さんもわからないですか。じゃあ、仕方ないですね。でもそういうことなので、毒島さんに伝えてもらってもいいですか」

「わかった。毒島さんならわかるかもしれない。今の話は間違いなく伝えておく。だから健介くんにはそう言っておいてよ」

「すいません。お願いします。本当にあいつ、人を伝書鳩《でんしょばと》扱いして――」

くるみは不満げに頰を膨らませる。思い出したことで、また腹が立ってきたのか、

「結局、それでも魔法が何なのかは言わないんですよ。ずっと誤魔化してばかりで、本当にあいつは私のことを舐めてます」と怒り出す。

くるみの言葉に相槌《あいづち》を打ちながら、爽太は毒島さんの推理力に舌を巻いていた。

やはり毒島さんはすごい。

話を聞くだけで謎を解くなんて、まるでミステリー小説に出て来る名探偵みたいじゃないか。

それも薬のことだけじゃない。くるみの話を聞いただけで、お祖母さんや疋田さんの心情までもくみとっていたのだ。

前にも思ったが、やはり薬剤師は探偵に似ている。

処方箋を見ただけで、患者がどんな病気を患い、医師がどんな治療方針を描いているかを推理して、それに沿ったアドバイスをしなければいけないのだから、的確で素早い直観力と洞察力がないと務まらないのだ。

もっとも薬剤師が謎を解くのは、きわめて個人的な事柄に限定されている。

だからその能力が世間に喧伝されることはない。世間一般では、薬剤師は薬を渡すだけの仕事と思われているかもしれないが、さほど目立たない人物が、実は優秀な名探偵だというのは、ドラマや映画や漫画や小説では定番の展開ではないだろうか。

くるみの頭越しに、健介くんと毒島さんがキャッチボールをしたことを打ち明けたくなったが、この件に関しては本当のことは言えない。

爽太は心の中でくるみにそっと謝った。

それから仕事を終えたら毒島さんに連絡して、このことを早く伝えようと思った。

健介くんの言葉を伝えれば、毒島さんも安心するだろう。それとも、『自分に処方された薬を他人に譲渡することも許されることではありません』と怒るだろうか。

いや待てよ。

爽太はもうひとつの可能性を思いついた。

もしかして疋田さんは、こっそり薬を飲ませる行為が、父親に知られることも計算していたのではないだろうか。健介くんが賢いといっても小学二年生なのだ。気づかれないように、大人の食事に薬を混入することを長く続けられるはずがない。父親に気づかれることを見越したうえで、この計画を考えたのではないだろうか。つまり最初から自分が出ていって説得するつもりだったのだ。そして、もしそうなら本当の薬を使うことはない。健介くんには何の効果もない偽薬を渡しておいて、最終的に父親が飲むことに同意した後に、本物の薬を渡せば事は足りるのだ。

疋田さんが毒島さんの思うような人だったら、そこまで考えて行動したのではないだろうか、という気がした。

これを伝えたら毒島さんは何と言うだろう。そんなことを考えながら、爽太はくるみを促して会議室を出た。

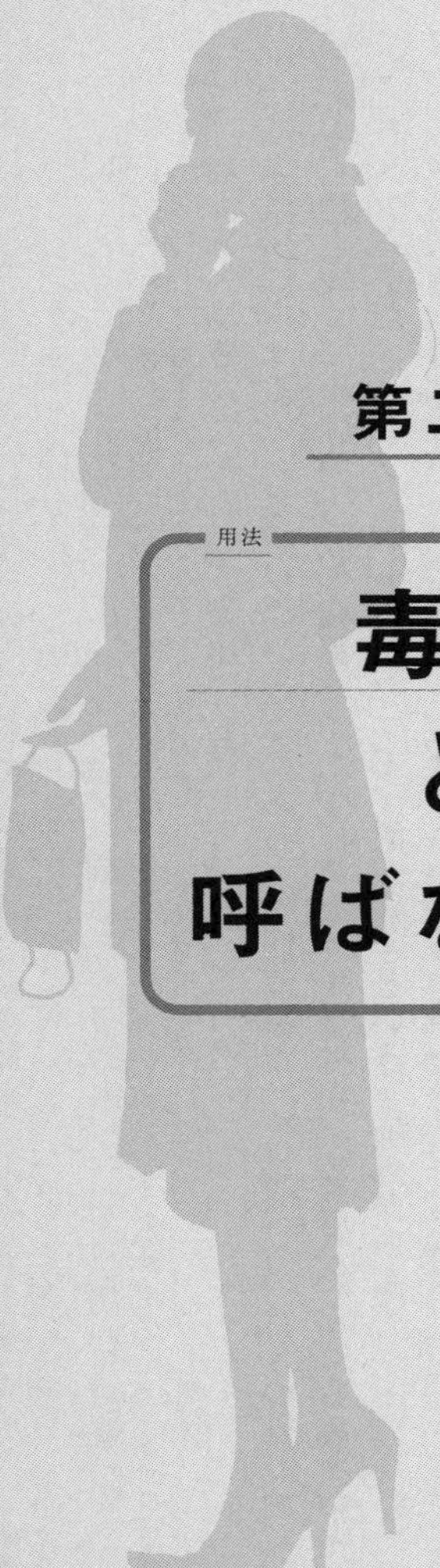

第二話

用法

毒親と呼ばないで

年　月　日

1

三月六日、金曜日。

爽太は馬場さんたちと〈赤城屋《あかぎや》〉を訪れた。

赤城屋はホテル・ミネルヴァの近くにある大衆居酒屋だ。馬場さんの行きつけで酒も料理も安くて美味《うま》い。その夜集まったのは爽太、馬場さん、笠井さん、くるみというメンバーだ。みなフロントスタッフで、酒が好きという共通点がある。

午後八時を過ぎていたが客は数えるほどしかいなかった。

「最近ずっとガラガラだな。やっぱり新型コロナウイルスの影響かい」

馬場さんが顔見知りの茶髪の店員に声をかける。

「そうですね。二月もよくなかったけど、三月に入ってさらに暇になってます」

茶髪の店員がお通しとおしぼりをテーブルに置く。

「大変だな。もっともウチだって他人事じゃないけどな。インバウンドは当然のこと、出張も国内旅行もガタっと数が減っている」

「その影響はウチにも出てますよ。前は外国人のお客さんがよく来ていましたが、すっかり見なくなりました。英語や中国語のメニューを作ったのにいまや宝の持ち腐れって感じです」

茶髪の店員は外国語のルビをふったメニューを指さした。

「今はとにかく我慢するしかないな。新型コロナウイルスが収まれば、また外国人も日本に来るさ」馬場さんが同情するように言った。

「そう願いたいですね。このままでは僕も働き口がなくなります」

茶髪の店員は飲み物の注文を取って店の奥に消えていく。

「どこもかしこも景気の悪い話ばかりですね」笠井さんがおしぼりで手をふきながら言う。

「ホテルも飲み屋も先行きは暗いな。いまどき行列ができているのはドラッグストアくらいのものだろう」と馬場さんが言葉を返す。

「でもマスクと消毒液が目的の行列ですからね。在庫がないと店員に暴言を吐く客もいるようで、店からしたらありがたい話ではないですよ」

爽太の言葉にくるみが頷いた。

「本当、そういうのは勘弁してほしいです。この前もドラッグストアで怒鳴っている人がいて、謝っている店員さんが可哀想《かわいそう》でした」

「最近は逆に病院がガラガラだって話だよ。新型コロナウイルスの感染を恐れて、年寄りが不要不急の病院に行くのをやめたらしい」

笠井さんがメニューに手を伸ばす。

二月の終わりに政府が小中高の臨時休校を要請したのと同じ頃、感染症対策本部が〈多数の方が集まるような全国的なスポーツ、文化イベント等については、大規模な感染リスクがあることを勘案し、今後2週間は、中止、延期又は規模縮小等の対応を要請する〉と発表した。それを受けてテーマパークや遊園地が休園を決め、有名歌手のコンサートやプロスポーツ競技の中止や延期も相次いだ。現在、国内の観光産業において明るい兆しはまるでない。

飲み物が運ばれてきた。料理を注文しながら乾杯抜きでめいめいがグラスを取り上げる。

「しかしこんなことになるとはな」馬場さんがお通しのきんぴらに箸をつけながらため息をつく。

「実を言うと、オリンピックが終わったら会社を辞めようと思っていたんだ」

「えっ、辞めてどうする気だったんですか」くるみが目をまるくする。

「沖縄の離島に行って、リゾートホテルの仕事を探そうと思っていた。ワイシャツにネクタイじゃなくて、かりゆしで接客するようなホテルだな」

数秒の間があった。みなそれぞれにかりゆしを着て接客している馬場さんの様子を思い浮かべたのだろう。たしかにワイシャツにネクタイ姿よりも似合っているように思われた。

「仕事の当てはあったんですか」爽太は訊いた。

「この業界に長いから、そういう人脈だけはあるんだよ。ここ数年、中国人観光客が急増したことで、地方の観光ホテルは慢性的な人手不足になっていた。それでこっちに来て働かないかと複数の人から誘われていたわけだ。候補を絞っていたところにこの新型コロナウイルスの騒ぎが起きた」

馬場さんは憂鬱そうに遠くを見やる。

「知り合いの何人かに連絡を取ったら、観光地からどんどん人が減っていると言われたよ。まず中国人、次が欧米人で、それから台湾《たいわん》や東南アジアからの客もいなくなった。そしてついには国内旅行の予約もキャンセルが相次いでいるという話だった」

去年までは集客は右肩上がりで、中国からの団体を受け入れる観光地はバブル景気に沸いていた。それで各地のホテルは人手不足に陥って、シニア世代の求人に前向きになっていたようだ。それが一転して、いまや首切りの嵐が吹き荒れそうになっている。

「去年の暮れには、これまでもらったことがないような額のボーナスが支給されたって喜んでいた連中が、その数か月後には失業の心配をしているんだぞ。人間万事塞翁《さいおう》が馬とは言うが、まさか天国から地獄に突き落とされるようなことになるとはな」と言いながら馬場さんはビールを飲み干した。

「じゃあ、その話はなしですか」

笠井さんが運ばれてきた唐揚げに箸を伸ばしながら訊く。

「逆にこちらの様子を訊かれたよ。いま戻ってきても仕事なんかないと釘《くぎ》を刺しておいたがね」

「辞める前でよかったじゃないですか。向こうに行って、この状態だったらさらに大変だったと思いますが」

爽太が慰めると、「とりあえず今はそう思っておくしかないな」と馬場さんは茶髪の店員を呼んでビールのお代わりを注文した。

「でも新型コロナウイルスにかかると、インフルエンザよりつらいと言いますね。ワクチンや治療薬ができないと、この先どうにもならないんじゃないですか」

「あれよりつらいなんて想像できないな。俺は絶対にかかりたくないよ」

そう言いながら身震いをする笠井さんは、去年の暮れにインフルエンザのA型とB型に連続してかかっている。二人の子供が保育園で別々にもらってきたそうで、クリスマスと正月はずっと寝て過ごしたそうだった。

「感染しても症状の出ない人も多くいる半面、発症後にあっという間に肺炎が重症化して命を落とす人もいるというところが恐《こわ》いです」とくるみも頷いた。

「だから馬場さんは特に感染しないように注意した方がいいですよ」

「なんで俺にだけ言うんだよ。感染する危険は誰にでもあるだろう」

「普段の行動から考えて、馬場さんが一番危ないのは明白です」

「俺は毎晩飲み歩いて、体の中からアルコール消毒しているぞ。新型コロナウイルスなんかにかかるはずがない」

「そういう寒い冗談を言う人が一番危ないんです。アルコール濃度が七〇％以上ないと新型コロナウイルスに効果はないって知ってますか」

馬場さんとくるみのいつものやりとりがはじまった。

「わかった。それならこれからはそういう酒を飲む」

手をあげて茶髪の店員を呼ぶと、「アルコール七〇％の酒を持ってきてくれ」

「そんな酒ないです。ウチはただの居酒屋ですよ」

「ここで一番度数の高い酒は何だ」

「テキーラですかね。それでも五〇％くらいだと思いますが」

「仕方ない。それならビールのお代わりだ。ほら、お前らも何か飲め。俺たちが頼まないとこの店が潰れるぞ。安くて、美味い店が潰れたら地域にとっても損失だ。外国人観光客が戻るまでは、俺たちが経済をまわすんだ」

馬場さんは爽太とくるみの前にメニューを突き出した。

「仕方ないな。ビールをください」

「私は梅酒をロックで」

爽太とくるみは苦笑しながら注文する。

「じゃあ、俺はこれで」笠井さんは手を伸ばしてメニューを指さした。それを見た馬場さんが眉をひそめる。

「おいおい、ノンアルコールビールってどういうことだよ。酒飲みのくせに、どうしてそんなものを頼むんだ」

「いや、健康のために控えなさいと嫁さんに言われているんで」と笠井さんは頭を掻《か》いた。

去年の暮れに健康診断があって、笠井さんは血糖値などの数値が悪かった。それで酒量を半分にすることを約束させられたそうだ。

「それでノンアルコールビールを飲むわけか。なんともわびしい話だな」

そう言う馬場さんだって結果がよかったわけではない。

「ところで再検査は行きましたか。行くって約束しましたよね」

以前、酒の席でその話題になって、毒島さんをはじめとする薬剤師たちに指摘されたことがあったのだ。

「予約は一応したけどな……」馬場さんは誤魔化すように視線をそらす。

「予約はしたけど、行ってないってことですか」

爽太が言うと、馬場さんは曖昧に頷いた。

「この新型コロナウイルスの騒ぎで、軽症の人は病院に行くのを控えるようにという話があったじゃないか。それを聞いて行くのをやめたんだ」

「軽症というのはそういうことではないですよ。このままの状態で新型コロナウイルスに感染したら、最悪の場合、命にかかわることにもなると思います」

爽太は脅かすように言ったが、馬場さんは悪びれた風もない。

「そうなったらそうなったであきらめる。俺の人生こんなものだと覚悟はできているからな」

糖尿病の恐ろしさは、毒島さんにしっかりと教えられたはずだった。しかし時間が経てば、どこ吹く風で、酒を控える気配はないようだ。

「まるで子供ですね」とくるみも呆《あき》れている。

「馬場さんもノンアルコールビールにしたらどうですか」

そう言ったのは笠井さんだった。

「俺は嫌だね。ノンアルコールビールなんて意味不明な飲み物を飲むヤツの気が知れないよ」馬場さんは馬鹿にしたように鼻で笑う。

「でもビールとノンアルコールビールを交互に飲めば、摂取するアルコールの量は半分になります。そういう約束で、俺は嫁さんの攻撃をなんとかかわしたんですよ」笠井さんは自慢げに言う。

「……んん、待ってください」とくるみが顔をしかめた。

「それは注文する飲み物の上限を決めないと意味がないんではないですか。今まで飲み会でビールを四杯飲んでいたとして、ビール二杯、ノンアルコールビール二杯なら、その通りですが、それぞれ四杯ずつ飲むのであれば、アルコールの量は変わらずに飲み代だけが増えると思います」

「……いや、そこは気づかないふりをしてくれよ」と笠井さんは上目遣いにくるみを見た。

「嫁さんは納得しているんだから、そこを突っ込むのはやめてくれ」

「余計なお世話かもしれませんが、小さいお子さんが二人もいるんですから、お酒の飲み過ぎには気をつけた方がいいですよ」

「わかった。わかった。気をつける」

その話はもう終わりにしようというように笠井さんは手をふった。

「真面目に聞いてください。子供にしたら、親の行き過ぎた飲酒は好ましいことじゃないんです」

くるみは眉根を寄せて言い募ったが、笠井さんは、「そうだな。明日から考える」と真剣に取り合わない。

くるみはしびれを切らしたように、「それなら私にも考えがあります」と腕を伸ばし、「ノッポちゃん」と笠井さんを指さした。

「えっ、なに？」笠井さんはきょとんとした顔をする。

「それから馬場さんも――」

ノッポちゃん、と人差し指を向けた。

「なんだい、そのノッポちゃんって」馬場さんも不思議そうな顔をする。

「お酒をやめる魔法です。こうすると効き目があるんです。ウチの父もこれでお酒をやめました。お二人がお酒を控えるまで、私がずっとこの魔法をかけ続けます」

くるみの言葉に、笠井さんと馬場さんはわけがわからないという風に顔を見合わせる。

「知らないんですか。魔法少女の禁酒の呪文ですよ」

笑いをこらえて爽太が言うと、二人はさらに困惑した風になる。それでくるみは気が済んだようだった。

話題を変えようと、「そういえばこの前変なクレームがあったって話を聞いたけど」と爽太はくるみに話をふった。

「クレーム……ああ、あれですね」とくるみは頷いた。

「ホテルの前で鳩に糞《ふん》をかけられて服が汚れた。だからクリーニング代を出せ、というクレームがあったんです」

「それって泊まっているお客さん？」と笠井さんが訊く。

「違います。ただの通行人です」

「それでクリーニング代を請求するって感覚がすごいな。ぶっとんでいるっていうか、頭のネジが外れているというか」

「ホテルの方から飛んできた鳩だっていうんです。お前のところからきた鳩だから、お前のホテルに責任がある。だからクリーニング代を払えって、すごまれて」

「滅茶苦茶《めちゃくちゃ》だな。ゆすりやたかりの類いってことか」と馬場さんが顔をしかめる。

「たしかにちょっと恐そうな人でした。一緒にいた落合《おちあい》さんが毅然《きぜん》として突っぱねてくれたので事なきを得たんですが、実はその人、服だけじゃなくて頭にも糞がついていたんです。でも本人はまったく気がついていなくて。怒っている最中も、その頭の汚れがずっと見え隠れしていて、だから恐いのと同時にすごくおかしくて」

笑いをこらえるのに苦労しました、とくるみは言った。

落合さんというのは爽太のひとつ先輩のフロントスタッフだ。フルネームは落合志《し》穂《ほ》。学生時代はバレー部のキャプテンを務めていたそうで、突発的な出来事にも動揺しないで対処する術《すべ》を身につけている。

「たしかに最近、鳩はよく見るな。あとは鴉《からす》、それから夕方にはコウモリも飛んでいる」と馬場さんがスルメを齧《かじ》りながら独り言のように言う。

「この近くにコウモリなんていますか」爽太は驚いて訊いた。

「ここは二十三区の真ん中ですよ」

「コウモリくらいどこにでもいるさ。民家の軒下とか雨戸の陰をねぐらにして、夜になると虫を捕まえに外に出るわけだ。アブラコウモリとかいうやつだ」

「馬場さんがコウモリにくわしいとは知りませんでした」とくるみが笑う。

「知り合いに害獣駆除の仕事をしている奴がいるんだよ。最近では都会でも増えているそうだ。民家の軒先に棲《す》みついて、駆除してほしいって依頼があるらしい。路地のあたりでひらひら飛んでいる小さな影を見たことないか。鳥と違ってジグザグに飛んでいるからすぐわかる」

言われてみれば覚えがあった。変な飛び方をする鳥だと思っていたが、そうか、あれはコウモリだったのか。

「鳩に、鴉に、コウモリか。そのうちコウモリに糞をかけられたというクレームがあるかもな」と笠井さんと笑ってから、

「そうだ。クレームといえば喫煙所の件はどうします？」と思い出したように馬場さんに訊いた。

「どうしますって、総支配人に言われたら従うしかないだろう。喫煙所ができるまで

は我慢だな」

「厳しいですね。酒といい煙草といい規制されてばかりで、どんどん住みにくい世の中になっていきますよ」

「これも時代の趨勢《すうせい》だ。あきらめて世の中の流れに流されるんだな」

「やるせないですね。昭和は遠くなりにけりってところですか」

近所からのクレームで外での喫煙が禁止されたことを蒸し返し、二人はぶつぶつ文句を言っている。

「お言葉ですが、煙草を吸わない私には世の中がどんどん住みやすくなってます」と
くるみは言ってから、

「でも笠井さんが煙草を吸うのは知っていましたが、馬場さんも吸うとは知りませんでした。吸っているのを見たことないですが」

「十年くらい前に一度やめたんだが、麻雀をしていると口元が寂しくなって、やめたのをまたやめたんだ」

一か月ほど前に、また吸いはじめたという。

馬場さんは笑いながら、例の薬剤師さんたちには黙っててくれよな、と爽太に向かって片目をつぶる。

「別に告げ口はしないです」

「それで喫煙所の工事はいつ終わるんですかね」と笠井さん。

休憩室に仕切り壁を作って、その一角を喫煙所にする工事のことを言っているのだろう。

「明日か明後日には終わるようだ。その後に掃除と片づけをして、体裁が整ったら消防署の検査を受けるって話だな」

「じゃあ、使えるのはその後ですか」笠井さんはがっかりした声を出す。

「仕方ないさ。とにかく今は我慢だ。時間が経てばまた流れも変わる」

馬場さんは慰めるように、笠井さんの肩をポンと叩《たた》いた。


それは普段の飲み会の光景だったが、最後に少し気になることがあった。

帰る間際に馬場さんが咳《せ》き込んだのだ。他のお客さんはみな帰っていたので、白い目で見られることはなかったが、咳《せき》はすぐに止まる気配がなかった。

「大丈夫ですか」

茶髪の店員がこわごわした様子でこちらを覗《のぞ》き込む。

「コロナじゃない……むせただけだ」馬場さんが苦しそうに言う。

「年をとると喉の筋肉が衰えて誤嚥《ごえん》が多くなるらしいです。誤嚥性肺炎による死亡率が近年日本人の死亡原因の五位になっています。年齢的に言って、馬場さんはそちらにも注意した方がいいですよ」

認知症の祖母を家族で介護しているため、くるみは高齢者の健康リスクにくわしくなっている。

五分ほどで咳は収まった。

「……まいった。年はとりたくないもんだ……」

「やっぱり煙草はやめた方がいいんじゃないですか」爽太は心配して声をかけた。

「ああ、考えとく」

馬場さんは胸を押さえながら言った。

しかしその後、爽太はもっと切迫した場面に直面することになった。

2

「暑いな。もしかして暖房がついているのか」

馬場さんがそう言い出したのは、三月十五日、日曜日の夜勤に入ったときだった。

客室の稼働率は三〇％以下で、二十三時過ぎにはチェックインも終わっていた。

「ついてないです。そういえば前もそんなことを言っていましたね」

糖尿病予備軍になると大量に汗をかいたり、トイレが近くなることがある。以前にも同じように暑いと言っていたことを思い出した。

「やっぱり早く再検査に行った方がいいですよ」

言いながら馬場さんの顔を見てぎょっとした。頰や耳が赤くなっている。仕事中はマスクをつけているので気づかなかったが、マスクを外すと顔全体が赤くなっていた。体温計で測ると三十八度を超えている。

「とりあえず仮眠室で休んでください」

とっさに爽太は言ったが、馬場さんはかぶりをふった。

「……いや、それはまずいだろう」

「まずいって何がですか」

「下手に仮眠室に行かない方がいい」

「どうしてですか」

「……とりあえず裏に行こうか」

カウンターに呼び出しベルを置いて、二人で裏の事務室に移動した。

「この前、赤城屋で飲んだよな。その後に知り合いと一杯やったんだが、そいつから昨夜連絡があったんだ。熱が出て、ひどく咳き込んでいるそうだ。新型コロナウイルスかもしれないと言っている」

馬場さんはぐったりと椅子に腰かけ、つらそうに息を吐く。

その知り合いというのが、飲み会で話に出た害獣駆除の仕事をしている人らしい。

PCR検査で陽性反応が出た人間が会社から出たそうで、潜伏期間を考えると馬場さんに感染した可能性も否定できないということだった。

「その知り合いはPCR検査をしていないんですか」

「今は順番待ちをしているそうだ。結果が出てから言うつもりだったが、先に症状が出たのでとりあえず連絡したと言っていた」

なんだかあやふやな話だったが、それでも無視できないのが新型コロナウイルスの恐いところだ。つまりは馬場さんもPCR検査を受けるべきなのか。

「ちょっと待ってください。調べてみます」

爽太は事務所のパソコンを起動した。厚生労働省のウェブサイトを見ると、〈風邪の症状や37・5℃以上の発熱が4日以上続いている人、解熱剤を飲み続けなければならない人、強いだるさや息苦しさのある人〉は全国の都道府県にある帰国者・接触者相談センターに相談してほしいとのことだった。

発熱や風邪の症状がある場合は仕事や学校を休んで、外出を控えてほしいとも書いてある。現在の馬場さんは後者に当たるが、高齢者、糖尿病、心不全、呼吸器疾患の基礎疾患がある人、透析を受けている人、免疫抑制剤や抗がん剤を使用している人、妊婦については、二日程度続く場合とも書いてある。急激に重症化することもあるので、早めに相談をした方がいいらしい。五十代半ばで、糖尿病予備軍である馬場さんについては判断が難しいところだろう。

「体はどうです。辛いですか」

「それほどでもない。熱のせいで頭はぼんやりしているが、それ以外は特に普段と変わらない」

そこまでひどい状態ではないらしい。とりあえずほっとしたが、これからどうすればいいかがわからない。

テレビで連日放送されている内容に従えば、新型コロナウイルスはステンレスやプラスチックの表面に付着すると、数日間にわたって生存するらしい。仮眠室は事務所の裏にあり、その奥には休憩室と更衣室、客室係の準備室が並んでいる。仮眠室のドアやベッドにウイルスが付着した場合、そこから感染が一気に広がる危険性がある。

思い悩んでいると、「タクシーを呼んでくれ」と馬場さんが言った。

「俺は家に帰るので、代わりに笠井を呼んでくれ。あいつがインフルエンザで休んだときにお前が穴埋めをしたわけだから、その代わりと言えばきっと来てくれる」

「いや、ダメです」

少し考えてから、爽太はその意見を否定した。

「感染している可能性があるなら、タクシーを使うのもＮＧです。そこを媒介に感染が広がる危険性があります。僕では判断できない事柄なので、本橋支配人に連絡します」

爽太はホテルの多機能電話の短縮ダイヤルを押下《おうか》した。フロント支配人の本橋さんは会社から携帯電話を支給されている。解決できないトラブルがあれば夜間でも連絡を入れていいことになっていた。

「……もしもし」

受話器の向こうでかすれた声がした。寝ていたようだ。爽太は事情を説明した。すると本橋さんの声色が変わった。

「本当か。本当に新型コロナウイルスかもしれないのか」と緊張した声で言う。

「話を聞く限りでは、可能性があるように思えます」

爽太の言葉に、本橋さんは「うーん」と唸って黙り込む。

「どうすればいいか、指示をください」

「──待ってくれ」

本橋さんは困ったように言ってから、「いや、やっぱり俺には決められない。総支配人に連絡するから待ってくれ」と言って電話は切れた。

「なんて言ってた？」と馬場さんが赤い顔で訊いてきた。

「総支配人に連絡をするそうです」

「……総支配人か。大事《おおごと》になるな」

馬場さんは顔をしかめて息を吐く。

「仕方ないですよ。黙っているわけにはいきません」

「できれば黙っていてほしかったがな」

馬場さんは手を伸ばして私物のバッグから、ペットボトルの水を取り出した。

「馬場さん、総支配人が好きじゃないんですか」

「特に好きでも嫌いでもない。ただ杓子定規《しゃくしじょうぎ》で、吝嗇《りんしょく》な仕事ぶりが鬱陶しいとは思っている」ペットボトルを机に置いて、息を吐く。

総支配人は二年前、定年退職した前任の総支配人の後釜に、別の系列ホテルから異動してきた。着任早々、経費圧縮のために、出入りの業者の半分をもっと安い見積りを出した業者と入れ替えたり、契約自体を終了させたりした。

そのせいで爽太たちフロントスタッフも少なからぬ被害を受けた。定期的に行っていた共用部分やバックヤードの清掃、機械設備のメンテナンス、害虫駆除などの業者の作業がなくなって、照明がつかなくなった、換気扇が壊れた、虫が出た等のクレームが相次いだのだ。

「見える場所に金をかけて、見えない場所をケチるやり方は気に入らないな」

馬場さんが言ったときに電話が鳴った。総支配人からだった。

「馬場が発熱したそうだが、どんな具合だ」

入社して三年目の爽太は、総支配人と二人で話をするようなことはあまり経験していない。緊張しながら馬場さんの状態を説明すると、総支配人は訊いてきた。

「本人はどうしたいと言っている？」

「タクシーで家に帰りたいと言ってます」

「そうしてやってもいいが」と総支配人は考え込む。

「でも感染していた場合、タクシーに乗せれば、運転手や次の乗客にうつす危険がありますが」

爽太がおずおずと意見を言うと、

「その対応はもちろんする」と総支配人は即答した。

「発熱している患者を自宅に送り届けたい、割高になってもいいからその対応をしたタクシーを配車してほしい、とタクシー会社に言えばいい。本人にはマスクと手袋を装着させて、代金はホテルに請求してもらうんだ。それで感染のリスクは下がるはずだ。そのまま自宅で静養させて、症状が治まれば問題は解決だ。問題となるのは重症化した場合だな――」

総支配人は言葉を続けた。

「部下のプライベートに必要以上に干渉するつもりはないが、馬場についていい話は聞いたことがない。仕事が終われば雀荘、パチンコ店、公営ギャンブル場に入りびたり、食事も飲み屋が中心で、節制とはほど遠い生活をしているそうじゃないか」

総責任者だけに馬場さんのことをよく知っている。

「仮に馬場が新型コロナウイルスにかかっていて、独り暮らしのアパートで重症化した場合、命にかかわる危険もある。横浜港に停泊したクルーズ船では、前日まで元気だった人間が発症したと思うや、数時間後には重症化して亡くなったという例もあるそうだ。同じことが馬場に起こらないとも限らない。だから何かあってもすぐにこちらで対処できる方法を考えよう」

あれ、と爽太は思った。杓子定規で吝嗇な仕事ぶりが鬱陶しいと馬場さんは言ったが、状況が状況となれば部下を気遣う優しさも持ち合わせているようだ。

「今日の稼働率はどれくらいだ」

訊かれて爽太は数字を口にした。

「ということは宿泊者が誰もいないフロアがあるわけか」

「そうですね。三階、五階、六階、十階はノーゲストです」

「じゃあ、最上階の十階にしよう。エレベーターから一番遠い一〇〇一号室で馬場を休ませる。ただし一人では行かせるな。君が付き添って、エレベーターのボタンや扉、壁、客室のドアノブに触らせないように注意しろ。君も身体的な接触はしないこと。部屋に連れて行ったら、すぐに戻ってフロントのパソコンや備品をすべてアルコール消毒してほしい。それから明日以降、十階には誰も泊めないように部屋割りを変えてくれ。できれば九階もノーゲストが望ましい。最低でも二週間、できれば一か月その状態を維持してほしい」

総支配人の言わんとすることがわかってきた。

「馬場さんを十階に隔離するということですか」

「そういうことだ。症状の変化を見極めるために目が届くところに置いておきたいという理由に加えて、風評被害を防ぐための措置でもある。もしも馬場が最悪の状態になるようなことがあれば、インターネットであることないこと書かれる恐れがある」

総支配人はそう言ってから、「俺もこれからそちらに行く。大変だと思うが、とりあえずできるところまでやっておいてくれ」と言葉を続けた。

「わかりました」

爽太は答えて電話を切った。それを伝えると、「本当に大事になってきたな」と馬場さんは苦笑した。

「部屋に行きましょう」

爽太はキーボックスから一〇〇一号室の鍵を抜き取った。

「仕方ない。ホテルにいれば最悪、孤独死することはないだろうしな」

馬場さんは立ち上がろうとしてから、突然動きを止めて椅子の背もたれに手をついた。

「大丈夫ですか」

手を差し伸べようとして躊躇《ちゅうちょ》した。身体的な接触は避けるべし、と総支配人に言われた。

「平気だ。ちょっとめまいがしただけだ」

「倉庫に折り畳みの車椅子がありますから持ってきましょうか」

「そんな大層なことはしなくていい。自分の足で歩けるよ」

そう言いながらも、馬場さんはその場から動かない。

「持ってきます」

返事を待たずにマスターキーを持って廊下に出た。バックヤードから車椅子をもって事務所に戻る。

「無理しないで座ってください」

本当につらいようで、馬場さんは大人しくそこに座った。

爽太は消毒用アルコールを手に吹きかけてから、馬場さんのバッグを持ちあげ、椅子の背もたれにぶらさげた。車椅子を押して事務室を出かけたところで、カウンターに置いたベルが鳴った。

「待ってください」

馬場さんに言ってフロントに戻る。消毒用のアルコールを多めに手に取って、掌《てのひら》と指のすき間にたっぷりと塗りつける。外出から戻ってきた宿泊客が立っていた。部屋番号を告げられたがキーボックスに鍵はない。

「あっ、ごめん。持ってたわ」

宿泊客はポケットを探って鍵を取り出した。

そのままエレベーターで上がっていくのを見届けてから、馬場さんの元に戻る。事務所を出ようとして、そうだ、飲み物がある、と気がついた。

そばの机にあったペットボトルを持ち上げて、馬場さんのバッグに押し込んだ。

一〇〇一号室は十階の廊下の一番奥にある。

馬場さんを部屋に送り、ベッドで横になったのを確認すると、車椅子を部屋の前に置いて、爽太はすぐにフロントに戻った。

自分の手や服からはじめて、フロント内の電話、パソコン、文房具、カウンター、椅子、客室の鍵に至るまで、馬場さんが触れた可能性のあるすべての物に消毒用エタノールを噴霧する。

その後に乾いた布でパソコンのマウスやキーボードを丁寧に拭いていると、ホテルの前にタクシーが相次いで止まり、それぞれ総支配人と本橋さんが降りてきた。

「馬場の具合はどうだ」

入って来るなり、総支配人が言った。

「一〇一号室に連れて行きました。寝ていると思います」

「そうか。様子を見てくる。お前たちは手分けしてフロント、それからロビーもすべて消毒してくれ」

「すべてってどこまでですか」

本橋さんが質問すると、手が届くところすべてだよ、という答えが返ってきた。

「馬場さんは本当に新型コロナウイルスにかかったのか」

本橋さんが心配そうに爽太に訊いた。役職は上だが、年齢では下だということで本橋支配人はさんづけで馬場さんを呼ぶ。

「はっきりしたことはわかりません」

爽太はそう答えるしかなかった。

二人は三十分かけて、フロントの備品やカウンター、ロビーのソファやテーブル、壁、エレベーターのコンソール、入口の自動ドアまわりを消毒した。

その後も総支配人の指示で、会議室のパーテーションをエレベーターで十階に運んで仕切りを作ったり、予約の部屋割りを一か月先まで変更しているうちに、気がつくと外は明るくなっていた。

あと一時間もすればチェックアウトがはじまる。

仮眠を取りそびれたが、この状態では仕方ない。喉が渇いた。事務所に行って机の上のペットボトルを取り上げた。一口飲んで、あれっと思った。レモン風味のミネラルウォーターを買ったはずが、何の味もしなかった。

買い間違えたのか。いや、そんなことはない。買った直後に飲んだ時はたしかにレモンの味がしたはずだ。

ラベルを見ると商品のロゴは見覚えのある物だったが、あるべきはずのレモン風味の表示がない。そういえば馬場さんが飲んでいたのも同じメーカーの水だった。

あのとき目についたペットボトルを取り上げて、そのまま馬場さんのバッグに押し込んだことを思い出す。ということは……。

気づいた瞬間、首筋にひんやりした感触が這《は》い上がる。

「チェックアウトは水尾と二人で対応してくれ。俺は今後の方策をまとめて、本社に報告する」

フロントでは総支配人が本橋さんに指示を出している。

「朝昼晩の三回、食事と着替え、タオル等を、エレベーターで十階にあげる。使い終わった着替え、タオル、シーツは下におろさず、十階のどこか、そうだな、向かいの一〇〇二号室に溜《た》めておこう。食事はレストランに言って用意させる。使い捨ての紙皿を使えば食器を下げる必要もない。ゴミ類もすべて一〇〇二号室に保管しておこう。

あとで保健所に連絡するが、白か黒かわかるまで十階は完全隔離としておこう」

なにか意見があるか、と総支配人は本橋さんに訊いた。

「誰が食事や着替えを運ぶかですが……」

「フロントスタッフで手の空いた人間が行けばいいだろう」

「複数のスタッフが、入れ代わり立ち代わり行くのはリスクがあるように思いますが」

「運ぶのはエレベーターの前まででいい。エレベーターから降りずに、ワゴンだけエレベーターホールに置いておこう。後は馬場に取りに来てもらえばいい」

「でもそれだと馬場さんの症状が悪化したときにすぐ対応できません」

「それなら部屋内にウェブカメラを置くか。症状を見極めて、悪化したときにそれなりの対応をとるようにすればいい」

「それはどうでしょう。プライバシーの問題もあるし、そもそも本人が了解するとは思えませんが……」

真剣な顔で話している二人の間に、「すいません」と爽太は割り込んだ。

「報告しなければいけないことがあります」

「なんだ」

総支配人と本橋支配人が同時に爽太を見た。

「馬場さんを部屋に連れて行くとき、慌てていてミスを犯しました」

爽太はレモン水というラベルがついたペットボトルを持ち上げた。

「これは馬場さんが飲んでいたドリンクです。自分のミネラルウォーターを間違えて馬場さんに渡しました」

「馬場さんがお前のミネラルウォーターを飲んでも問題ないだろう」

怪訝《けげん》な顔の本橋さんの横で、総支配人の顔が強張《こわば》った。

「もしかしてそれを飲んだのか」

「……はい。飲んだ後で気がつきました」

「もしも馬場が陽性なら、君にも感染した可能性があるわけか」

「そうなります」肩を落として爽太はうなずいた。

「ということは、きみも二週間様子を見る必要があるわけだ」

総支配人は皮肉めいた笑みを浮かべて、本橋さんを見た。

「これでひとつ問題は解決したな。彼も十階で自主隔離してもらおう。体調に問題はないようだし、しばらくの間、彼に馬場の面倒を見てもらえばいい」

それでいいかな、と目顔で訊かれて、わかりました、と爽太は頷いた。

3

爽太は私物をもって、馬場さんの部屋とエレベーターの中間にある一〇〇七号室に行った。

チェックアウト業務はとりあえず総支配人と本橋支配人でやるという。八時になればくるみたち日勤の社員が来るので、それまでのつなぎというわけだ。

未使用の客室を使うのは久しぶりだった。入社直後に〈お客様の目線で物事をとらえるために〉と言われて泊まって以来だ。売り物である客室を使うことに申し訳ない気持ちになるが、事情が事情だけに仕方ない。仮眠も取らずに夜通し仕事をしていたことを思えば、これくらいの役得はあってもいいだろう。

浴室でシャワーを浴びて、綺麗《きれい》に整えられたベッドで横になる。疲れていたせいで、すぐに眠気がやってきた。内線電話の音で目を覚ましたときは、すでに正午を過ぎていた。

「起こしちゃいました？」

くるみからだった。

「二人分のお昼ご飯とタオル、着替え、シーツを乗せたワゴンをエレベーターの前に置きました。それから馬場さんの薬も用意しましたので、渡してあげてください」

「――ありがとう」

爽太は欠伸《あくび》を嚙《か》み殺して、礼を言った。

「ちなみに薬はどうめき薬局で購入しました」

どうめき薬局と聞いて、眠気が吹き飛んだ。

「いつ行ったの?」

「一時間ほど前です。毒島さんがいたので、お二人のことを伝えて、どんな薬を飲めばいいかを訊きました」

毒島さんの話はわかりやすくて参考になりました、とくるみは電話口で話を続ける。

「熱が出たからといって、無闇に薬を飲んだらいけないそうです。人に悪さをするウイルスは三十七度前後の体温を好むためです。三十八度を超えると、人の免疫機能が活性化して、ウイルスが弱りはじめるので、熱が上がっても最初のうちは様子を見るようにと言われました」

ただし三十八度前後の熱が続いたり、三十九度から四十度以上になると体力が落ちて、免疫機能も低下してくる。

「そうなったときには、薬を飲んで熱を下げた方がいいそうです。毒島さんから奨められた薬を買ってきたので、馬場さんの熱が高くなったらあげてください」

「わかった。そうするよ」

「毒島さんからは他にも話を聞いたのですが、仕事があるので一度切ります。夜に電話してその内容を伝えます」

電話を切って起き上がると、馬場さんと自分の部屋の鍵を持って廊下に出た。

エレベーターホールに置かれたパーテーションをずらすと、レストランで使っている銀色のワゴンが置いてある。

ワゴンの上段には、二人分の昼食と経口補水液のペットボトル、薬の箱が置いてあり、下段には着替えやタオル等のリネン類の入った箱が積んである。リネンの上には、使い捨てマスクとポリ手袋、体温計とアルコール消毒液のスプレーボトル、そして手紙の入った紙袋が載せてあった。

〝総支配人からの伝言です。一〇〇一号室に行くときはマスクと手袋を装着して、ドアノブやテーブルは必ずアルコール消毒してください。体温計はふたつあるのでひとつは馬場さんの部屋に置いてください。薬の管理は水尾さんがしてください。それから――〟

手紙に書かれた指示の通り、使い捨てマスクとポリ手袋をその場で装着した。

ワゴンを押して一〇〇一号室に向かう。エレベーターホールに一番近い部屋が一〇一五号室で、そこから一〇一三号、一〇一一号と奇数の番号の部屋が並んでいる。爽太の部屋は一〇〇七号室なのでエレベーターホールと馬場さんの部屋のちょうど真ん中だ。廊下の向かいには一〇〇二号から一〇一六号までの偶数の部屋がある。

一〇〇一号室の前に着いた。ドアをノックしたが応答はない。持ってきたルームキーを使い、そっとドアを押し開ける。すでに昼だがカーテンが引かれた部屋は薄暗い。

「──馬場さん、具合はどうですか」

「う、うーん」とくぐもった声がする。

「昼食を持ってきました。食欲はありますか」

「……」

寝ているようだ。爽太は部屋にそっと足を踏みいれた。隅にあるサイドテーブルをベッドの手前に移動する。この位置にあれば、入口から最短距離で物を運べる。ワゴンから昼食のお粥《かゆ》、経口補水液のペットボトル、真新しいタオルと着替えを運んでそこに置く。いまの時点で部屋から持ち出すものはない。

「また夜に来ます。体調が悪化したらスマホで連絡してください」

聞こえてはいないと思うが、そう言い残して部屋を出る。

ワゴンを押して廊下を戻り、一〇〇七号室の前に自分の食事と飲み物、薬の箱、使い捨てマスクやポリ手袋の入ったポリ袋、余ったリネン類を置いて、空になったワゴンをエレベーターの前に戻す。

最後にワゴンの触った部分にアルコール消毒のスプレーを噴霧し、パーテーションを戻して、配膳の仕事は終了だ。

〝──馬場さんの部屋から戻ったら、すぐにシャワーを浴びて、ボディソープで手や体を丁寧に洗ってください。石鹸《せっけん》やボディソープにはウイルスを泡で包み込んで皮膚

に行った後は必ず新しい物に換えてください。以上、総支配人の指示と毒島さんから
から剝《は》がす作用があります。タオルや寝巻きは多めに用意するので、馬場さんの部屋
の伝言でした〝

の伝言でした〝

　くるみの伝言メモに従って、部屋に戻るとすぐにシャワーを浴びた。

　爽太の昼食は焼きそばだった。食べてから自宅に電話を入れる。母親に事の成り行きを説明して、必要な物を持って来てほしいと依頼した。

　歯ブラシ、シャンプー、髭剃《ひげそ》りなどのアメニティは部屋にあるので、下着、靴下、シャツやジャージ、あとは本やノートパソコンなどが欲しいと伝えた。

　夕方までに妹の颯子《さつこ》が届けてくれることになった。大学は春休みで、アルバイト先の飲食店も間引き営業のため、シフトを削られて暇を持て余しているようだ。

「新型コロナウイルスに感染したの？」

　母親に代わった颯子が驚いた声を出す。

「まだわからない。可能性があるから自主隔離するということだよ」

「重症化するとヤバいらしいけど……まさかこれが最期のお別れになるんじゃないよね」いつになく心配そうな声を出す。

「症状が出ないこともあるらしいから、そこまで心配する必要はないと思う」

　心配をかけないように笑いながら電話を切った。

腹が膨れたせいでまた眠くなった。どうせどこにも行けないし、することもないので再びベッドで横になる。

次に目を覚ますと窓の外は真っ暗になっていた。

十九時になると、エレベーターでワゴンを上げた、と内線電話で連絡があった。

夕食の時間だ。上段に食事や飲み物、下段にはリネン類に加えて届けてもらった爽太の荷物、さらにコンビニで買ったという馬場さん用の男性用下着、一〇〇二号室のルームキーとゴミ用のポリ袋も置いてある。

自分の荷物と食事を一〇〇七号室に置いてから、爽太は一〇〇一号室を訪れた。

馬場さんはまだ眠っていた。熱があるのかないのかはわからない。ただ時折、咳き込んでいるのが気になった。着替えと下着とタオルと夕食をテーブルに置く。

昼食は手つかずだったが、そのままには出来ないので一〇〇二号室に持っていく。二重のビニール袋に入れて、破棄用のポリ袋に入れた。臭いが出ることを考えると窓をあけておきたいが、そこから鳩や鴉が入ると困ったことになる。とりあえずポリ袋を浴室に入れて換気扇をつけておく。

部屋に戻るとシャワーを浴びて、寝巻きをまた新しいものに取りかえた。これからの二週間、一日三回これを繰り返すことになるわけだ。

しかしあらためて考えてみると、そこまでする必要があるだろうかという気にもなった。そもそも自主隔離した原因は、馬場さんの飲み物を取り違えて飲んだことなのだ。毒島さんはそれを知らないから、馬場さんとの接触に神経質になっているのだろう。

だから二十時過ぎにくるみから連絡があったとき、それをあらためて言ってみた。

「いまさら感染予防をしても遅いと思うんだけど。馬場さんが感染しているなら、もう自分にもうつっていると思う」

しかしくるみは否定した。

「そんなことないです。症状が出ないうちはあきらめたらいけません。水尾さんが自主隔離した理由は毒島さんも知っています。それでも諦めずに万全の予防策を施すように言われました。発熱などの症状が出るまでは投げやりにならずに徹底的に防衛策を講じてください。手洗いと消毒。それが新型コロナウイルスに立ち向かう唯一の方法だと毒島さんには言われました」

そこまで言われたら何も言えない。

「わかった。言われた通りにする」

爽太は頷いた。

「お願いします。では毒島さんから聞いた薬の話の続きをします。確認ですが解熱鎮痛薬について、水尾さんはどこまで知っていますか」

「どこまでって、熱が出たら飲めばいいってことくらいかな」

「それなら毒島さんから直接教えてもらった分、私の方が解熱鎮痛薬については知識が豊富ということですね」

　電話の向こうで、くるみが胸を張っている気配がある。

「おおまかに言って、解熱鎮痛薬には二種類あります。ＮＳＡＩＤｓ《エヌセイズ》とアセトアミノフェンです。それぞれどういう薬か知っていますか」

「いや、それは知らない」

「じゃあ、説明しますから、私の話をよく聞いてくださいね。ＮＳＡＩＤｓは痛み、炎症、発熱などを引き起こす物質が体内で生成されるのを抑えます。ロキソプロフェン、イブプロフェン、アスピリンなどがその仲間です。それに対してアセトアミノフェンは、脳の中枢神経や体温調節中枢に作用することで解熱鎮痛の効果を示す薬です」

ロキソプロフェンとかイブプロフェンはテレビのＣＭで聞いたことがあるし、アスピリンという名前も聞き覚えがあった。

「たしかフロントの常備薬にロキソニンという薬があったよね」

「それがロキソプロフェンです。薬には成分を示す一般名と、製薬会社が決めた商品名があって、この場合ロキソプロフェンが一般名で、ロキソニンが商品名になるわけです」

薬については爽太も勉強中の身だ。それくらいは知っていると思ったが、とりあえず黙って聞いておく。

「私も頭が痛いときはロキソニンをよく使います。アセトアミノフェンという名前は知りませんでしたけど、ノーシンACEとかタイレノールという市販薬がその成分を含んでいるらしいです」

NSAIDsとアセトアミノフェンともに痛みや熱、炎症を抑える効果があるが、NSAIDsの方が効果が強い。ただしNSAIDsには胃腸障害、吐き気、嘔吐《おうと》、発疹《ほっしん》などの副作用があるのに対して、アセトアミノフェンはNSAIDsほど副作用がない。そのためにアセトアミノフェンの方が、安全性が高いと認められているそうだ。

「ロキソプロフェンは十五歳未満の服用は禁止ですし、インフルエンザ脳症になる危険があるので、インフルエンザの疑いがあるときも使用してはいけないそうです。だから軽い頭痛などを治したいときや、解熱の効果を期待したいときにはアセトアミノフェン、強い痛みを早く止めたいときにはロキソプロフェンなどのNSAIDsを使うのが一般的だという話でした」

話を聞きながらくるみが届けてくれた薬の箱を見た。タイレノールと商品名が書いてある。たしかに成分はアセトアミノフェンとなっている。

「でも毒島さんって本当にいい人ですね。これだけ色々と薬の説明をしてくれた上に、『具合が悪くなってもなかなか病院には行きづらいと思いますので、薬に関して困ったことやわからないことがあったらいつでも相談に来てください』と言ってくれたんです」

薬剤師は医師のように患者の診察をしてはいけない、という話は前に聞いたことがある。しかし発熱や咳といった症状が出ても、無闇に病院に行かずに自宅で待機してほしい、と自治体や役所が告知をしている現状では、積極的に患者の健康相談に乗る必要もあるのだろう。〈調剤薬局には地域医療の一翼を担う責任がある〉と毒島さんが口にした言葉があらためて蘇る。

「今まで薬のことなんか気にしたことなかったですが、丁寧に説明してもらってよくわかりました。祖母が認知症の薬を飲んでいることもあるし、これからは薬の成分や効果、副作用をもっと気にしようと思います」

たくさん勉強して、水尾さんより薬の知識を身につけちゃうつもりです、とくるみは張り切った声を出す。

「うん、まあ、頑張って」

爽太は曖昧な言葉で電話を切った。

なんとなく悔しかった。こんなことになっていなければ、自分が会いに行って色々と話を聞きたかったと思ったのだ。

4

隔離二日目は、七時に起床して、前日と同じルーティンワークを朝昼晩の三度行った。

朝食のとき、馬場さんはベッドで横になっていたが、目は覚ましていた。

体調を訊くと、頭が痛く、関節痛もあるという。熱を測ると三十八度二分だった。息が荒くつらそうだ。

「薬を飲みますか」と訊いたが、「いい」と言う。

「薬は嫌いだ」とも言った。

子供みたいだと思ったが、本人がいいと言うので無理には飲ませない。

昼食の時はまた眠っていたが、夜になると目を覚まして、ベッドからも起き出していた。窓際の椅子に腰かけて、暗くなった外をぼんやり眺めている。

「具合はどうです」

ドアを開けて声をかける。部屋には熱っぽく饐《す》えた空気が満ちていた。

「熱は下がった。腹が減ったのでさっき昼飯を食ったところだ」

「何度ありますか」

「三十七度二分。ほとんど平熱と一緒だな」

よかったですね、と言いかけて言葉を飲み込んだ。顔は土気色で、目も真っ赤に充血している。快方に向かっているとはとても思えない。

「夕食はどうしますか」

「腹は一杯だからもういらない。捨てるのももったいないから、お前が食ってくれ」

「わかりました。他に何か欲しいものはありますか」

「いや……特にないな」

そう言いながら爽太の姿を見て、馬場さんは驚いた顔をした。

「どうした。なんでそんな格好をしてるんだ」

ホテルの備品の寝巻きを着ているのを不思議に思ったようだった。そうか、まだ説明していなかった。

「僕も馬場さんと一緒に隔離されることになったんです」

あらためて事情を説明すると、「そうか。俺のせいでこんなことになって悪かったな」と済まなそうな顔をした。

「仕方ないです。自分のミスですから」

「しかし騒ぎ過ぎだという気もするけどな。新型コロナウイルスじゃなくて、ただの風邪だと思うんだが」

「僕もそうであってほしいと思います」

馬場さんが食べた昼食の空容器をポリ袋に入れる。

「シャワーは使いましたか」

「いや、使ってない」

「使ったら、脱いだものは外に出しておいてください。明日の朝に回収します」

「わかった。そうするよ」

ゴミを片付けて部屋に戻ると、すぐにシャワーを浴びた。それから夕食のオムライスと、馬場さんがいらないと言ったお粥を食べた。

テレビをつけると新型コロナウイルスの特集番組をやっている。

見るともなしに見ていると、ウイルスの伝播《でんぱ》方法として、接触感染と飛沫《ひまつ》感染、エアロゾル感染に加えて空気感染の可能性も否定できない、と専門家が発言していた。

エアロゾルとは空気中に漂う微細な粒子で、そこに付着したウイルスが感染を広げるものがエアロゾル感染だ。しかしエアロゾルが発生しない状態でも、ウイルス自体が空中を漂い感染させる可能性があるという。密閉された空間で、人の肌から出る水蒸気や呼気などの適当な湿度があると、その可能性は高まるとのことだった。

爽太はテレビを見ながら考え込んだ。

馬場さんのいる部屋はたしかに湿度が高かった。ドアも窓も締め切って、体温の高い成人がずっと部屋にいるのだから当然だ。やはりなるべく部屋に立ち入らずに作業を行う手順を考えた方がよさそうだ。

テレビを消して、その方法を考えていると空調の音が耳についた。

いや、違う。空調はつけてない……。

体を起こしてパネルを見ると、やはりスイッチは入っていなかった。では、あれは何の音だろう。部屋をぐるりと見まわして、それが給排気口の立てる音だと気がついた。ホテルには一か所に空気が滞留しないよう、すべての客室に給排気口がついている。浴室の換気扇とは別系統で、部屋ごとにオンオフできるスイッチはついていない。たしか大元のスイッチが機械室にあったはずだ。

ふとある考えが頭に浮かんだ。

新型コロナウイルスが空気感染するなら、給排気口を通じて他の部屋にウイルスが運ばれることはないのだろうか。

入社した直後の新人研修で、ホテルの建物の設備も一通り教えてもらった記憶がある。たしか給排水の配管は上から下に部屋をつなげていて、給排気のダクトは各階の部屋をつなげているという説明だった。

一〇〇一号室が馬場さんで、みっつ隣の一〇〇七号室が爽太の部屋だ。馬場さんの部屋の空気が、爽太の部屋に循環することはないのだろうか。もしそうなっているなら、どんなに防備しても意味がない。考えるほどに不安になってきた。総支配人に確認してみようか、と考えているとスマートフォンが鳴動した。

　毒島さんからの電話だった。

　深呼吸をしてから通話ボタンを押した。

「原木さんが昨日薬局に来て、薬の話をしたのですが、その内容はきちんと水尾さんに伝わっていますか」

　開口一番そう言った。聞きようによってはくるみのことを信用していないようにも取れるが、毒島さんの性格からすると自分で直接話をしないと納得できないということなのだろう。

「ＮＳＡＩＤｓとアセトアミノフェンの件ですよね。聞きました。毒島さんの教えがうまかったのか、原木さんの説明もわかりやすかったです」

「それならよかったです。それで訊きたいのですが、原木さんにお渡しした市販薬は飲まれていますか」

「まだ飲んでいません」

「そうですか」毒島さんはほっとしたように言った。

「実は、イブプロフェンが新型コロナウイルスを悪化させるという情報が発信されているようなのです。ヨーロッパが発信元らしいのですが、現時点ではどこまで信用できる情報かわかりません。マスコミ報道もあってアセトアミノフェンは一時的に品薄になっています。もしもその情報を耳にしていれば、不安を感じているかもしれないと思って連絡しました」

「そんなことがあったんですか。知りませんでした」

「新型コロナウイルスについては未解明な点が多くあるため、関係機関も混乱をきたしているようです。それで水尾さんが混乱しないようにと思って電話しました。原木さんにお渡ししたのはアセトアミノフェンですので、頓用《とんよう》に飲んでも問題はないと思います」

わからない言葉が出てきた。頓用って何だろう、と一瞬考えたが、言葉の響きから頓服のことだろうと当たりをつけた。

頓服とは、決まった時間ではなく、発作や症状のひどいときに飲む薬のことだ。

毒島さんに確認するとそれで合っていた。

「あと過剰摂取には気をつけてください。一回あたりの錠数を守り、服用間隔も四時間から六時間あけること。わからないことがあれば箱の注意書きを読んで、その通りにしてください」

毒島さんは念を押すように言って、さらに子供に噛んで含めるような物言いでアセトアミノフェン服用時の注意事項を口にする。

聞いていて、さすがにもどかしくなってきた。自分なりに薬の勉強をしている自負がある。

だから、「でも市販薬だから処方薬ほど危険はないですよね」とつい口にした。

すると毒島さんの声色が微妙に変わった。

「市販薬だから安全だという考え方は間違ってます」と固い声で言う。

「世の中には市販薬の注意書きを読まずに適当に服用したり、飲んでもすぐに効かないからと倍の用量を摂取したりする人もいますが、そういった行為のひとつひとつはささいなことでも、積み重なれば体に大きな害を与えます。たとえば朝起きたときに風邪っぽいからと総合感冒薬を飲んでおきながら、その後に会社に行って、体が熱っぽいからとアセトアミノフェンを飲むような人がいますが、総合感冒薬にもアセトアミノフェンは含まれています。それに気づかないまま併用すると、アセトアミノフェンの服用量が規定を超えます。アセトアミノフェンには副作用として発疹、嘔吐、食欲不振といった症状があり、高用量投下においては腹痛、下痢《げり》、さらには重篤な肝障害が発現する恐れもあります。市販薬を甘く見てはいけません」

最後はきっちり説教されてしまった。

「すいません。気をつけます」

「他に困っていることはないですか」

「そうですね。することがなくて退屈なのと、あと部屋から出られなくてストレスがたまります。運動不足で肩こりがすることもあって、どうにも気持ちが落ち着きません」

「たしかにメンタル面の問題もありますね。退屈なのはどうにもできませんが、ストレスと運動不足にはストレッチが有効だと思います。あとはハーブや漢方薬で有用なものもありますが……。もしよかったら差し入れをしましょうか」

「それは嬉しいです。まだ二日目ですが、これがあと十二日も続くかと思うとめまいがしますので」

「わかりました。調べて、よさそうなものをお持ちします。他に欲しい物があればまた連絡してください」

礼を言って電話を切った後、嬉しいと思う半面、逆に負担にならなければいいな、とも思った。毒島さんの声に、どこか疲れているような響きがあったからだ。

今の時期、調剤薬局だって大変なはずだ。新型コロナウイルスに感染した患者が、いつ来るかわからない不安と隣り合わせに仕事をしているのだ。発熱した患者が来るたびに、これまでにない緊張を感じているに違いない。

お気持ちだけ受け取ります、と言うべきだったのかもしれないと反省した。

5

隔離三日目。

朝は寝ていた馬場さんだが、昼食時には起きていた。

しかしどこかぐったりしている。訊くと、また熱が上がったとのことだった。

三十八度二分。だるくて何をする気にもならないそうだ。薬を飲んだら楽になりますよ、と言うと、仕方ないな、と言いながら口にした。

爽太の食事は麻婆丼《マーボー》だった。豆板醤《トウバンジャン》で炒《いた》めた挽肉《ひきにく》の旨《うま》みに、山椒《さんしょう》の香りが食欲をそそる。新型コロナウイルスの症状のひとつに味覚障害があげられているが、現在の自分にその心配はないようだ。

朝・昼・晩と検温もしているが、いまのところ三十七度を超えることはない。

このまま症状が出なければいいが、二週間が経つまでは油断できない。

総支配人の配慮もあって、自主隔離中でありながらも、爽太は出勤扱いになっていた。馬場さんに食事やリネンを運び、体調が急変したらすぐにフロントに連絡するという役目を業務として認めてくれたのだ。

最初はラッキーだと思ったが、時間が経つにつれて、部屋から出られないことがとてつもない苦行となってきた。

一〇〇七号室と十階の廊下だけが行動範囲のすべてなのだ。日に三度の配膳作業以外の時間はスマートフォンやパソコンを使うか、持って来てもらった本を読むしかすることがない。まだ三日目だというのに閉塞感ばかりが強くなる。

その日の夕方、総支配人から連絡があった。

保健所や帰国者・接触者相談センター等に相談したが、やはり発熱しただけではPCR検査は受けられないとのことだった。なるべく他人との接触を避けて、体調に大きな変化があればあらためて連絡をしてほしい、と言われたという。

病院やクリニックも同様で、発熱外来のある病院に行ってくれ、ただしそこでも解熱剤を出す以外のことはできないが、という答えが返ってくるばかりとのことだった。

押し寄せる患者の対応に、保健所も医療機関もパニック寸前になっているようだ。

「ただ、いい知らせもあった。もしもスタッフから新型コロナウイルスの患者が出ても、スタッフの手指のアルコール消毒と仕事中のマスク着用を徹底しているなら、長期の営業停止という最悪の事態は免れるだろうとのことだった」

一月に中国からの帰国者に多数の感染者が出たときに、千葉にあるリゾート型ホテルが彼らを隔離先として受け入れた。売上よりも社会貢献を優先させたホテルの営業方針はネット上では褒めそやされたが、地域では反対する声もあったという。

どうして地元に断りなく、多数の感染者を受け入れたのか。

そんな非難の声が湧き起こり、その後にはホテルの従業員や家族を差別するような言動もあったという。善意で患者を受け入れたホテルであっても、世間はそんな冷たい目を向ける。普通のホテルの従業員が感染して、さらに宿泊者に拡大したとすれば、もっと厳しい目で見られるだろうというのが総支配人の懸念だった。

ただでさえ宿泊者の減少に悩んでいるのに、長期の営業停止になったらホテルの経営自体が危ぶまれる。総責任者として、総支配人はそれをいたく心配しているようだ。

「感染者が出ることは仕方ないが、集団感染《クラスター》を出すことだけは何としても防がないといけない。そういうわけだからもうしばらく我慢してくれ」

総支配人にそう言われれば従うしかない。ただし気になっていたことは質問した。

「部屋の給気と排気ですが、フロアごとにダクトが通って、そこで空気を入れ換えていると以前聞きました。馬場さんの部屋の空気が自分の部屋に流れてくることはないんですか。新型コロナウイルスがエアロゾル感染や空気感染するなら、そこから感染が広がる危険があると思うんですが」

「給気と排気のダクトは別系統だ。ダクトから伸びた枝管が各部屋をつないでいるから、客室から排出された空気が他の客室に入ることはない」

給排気のダクトは各階を東西南北に四分割して、十階から二階までの客室用ユニットに分割されているそうだ。外気調和用の空調機が屋上に四か所あって、そこから取り入れた空気を循環させて排出している、と総支配人は教えてくれた。

「環境衛生の観点から、給気と排気が入り混じることはない。そう設計されているから安心してもいい」

それを聞いて安心した。

そういうことなら馬場さんがいる一〇〇一号室と、そこから持ち出した汚れ物や生ごみを保管している一〇〇二号室に行く時にだけ注意すればいいわけだ。馬場さんの飲み物を間違えて飲んだことは別として、これまで以上に感染防御に気をつけようと心に決めた。

隔離四日目。

馬場さんの熱は三十七度に下がった。アセトアミノフェンの効果が出たようだ。昼食と夕食はそれぞれ半分くらい食べたようだ。

味はわかるとも言っている。

しかし二十一時を過ぎた頃、「また三十八度を超えた。頭痛と吐き気がするし、咳も止まらない。これは本当に感染したかもしれないぞ」と内線電話で連絡があった。

「お前ももう部屋に来なくていいぞ。食事や着替えは外に置いてくれ。自分で部屋に入れて、汚れ物は外に出しておく」

「それはダメです。一日三回様子を見るように総支配人に言われていますから」

　爽太はきっぱりと言った。

「スマホの通信アプリを使えばいいじゃないか。朝と夜に連絡をするから、総支配人にはそれで適当に言っておいてくれ」

「そうはいきませんよ。馬場さんを経過観察する責任があります。とりあえず通信アプリは設定しますが、それとは別に様子は見に行きます」

「強情だな。うつしたら申し訳ないと思って言ってるんだが」

　馬場さんは苦笑する。

「こっちだってこのまま今生の別れになったら寝覚めが悪いです。再検査に行かなかった報いだと思ってあきらめてください」

　爽太は毅然と言い張った。

「仕方ないな。しかしお前、そこまで真面目な性格だったか。なんだか似てきたような気がするな」

「似てきたって誰にですか」

「決まっているだろう。あの薬剤師さんだよ」と馬場さんは笑った。

6

隔離七日目。ようやく折り返し地点だ。

昼食はナポリタン。ベーコンや野菜の具材もたっぷり入って食べごたえがあるが、ケチャップの甘みが強いことが物足りない。甘みと酸味のバランスが絶妙な〈風花《かぜはな》〉のナポリタンを久しぶりに食べたくなった。

風花はどうめき薬局と道をはさんだ向かいに位置する喫茶店だ。どうめき薬局に勤める毒島さんとはじめて出会った場所でもある。

ナポリタンの味が気に入って、一時は週に二、三回通っていた。しかしこの新型コロナウイルスの騒ぎが起こってからは一度も足を運んでいない。

隔離期間が終わったら、風花に行ってナポリタンを食べようと決めた。

そうすると少しだけ前向きな気持ちになった。

一週間経って、することがない苦痛は増すばかりだった。スマホやパソコンを見るのも飽きたし、本も読みつくした。外に出たい。近所のコンビニでもいいから、ここではない場所に行ってみたかった。

そんな中で毒島さんから届いた差し入れは気を紛らわせてくれた。

セントジョーンズワートのハーブティーと、ＯＴＣの漢方薬だった。

添えられた手紙には、セントジョーンズワートは軽度から中度のうつ病に効果があって、ストレス解消に効果的だと書いてある。ただし一部の薬とは相互作用があるので、もしも服用している薬があれば飲む前に相談してください、という一文が添えられていた。

セントジョーンズワートという名前には憶えがあった。

はじめて毒島さんに会ったときにその名前を聞いたのだ。風花に行ったとき、隣に座った若い女性の二人組が、妊娠した同僚にセントジョーンズワートのハーブティーを贈ろうと相談していた。しかしセントジョーンズワートには子宮を収縮させる効果がある。妊婦は飲むのを避けるべきとされているが、その二人は知らずに贈ろうとしていた。たまたま隣にいた毒島さんがそれを耳にして、見ず知らずの二人に注意した。それが一年ほど前のことだった。

そうか。あれからもう一年か。あのときは一年後にこんなことになるとは思いもしなかった。

ＯＴＣの漢方薬は、ストレス解消や肩こり、運動不足に効果があるものを選んだそうだ。桂枝茯苓丸《けいしぶくりょうがん》は滞った血を巡らせて、血行を良くし、肩こりを改善する効果が期待できる。葛根湯《かっこんとう》は風邪の引きはじめに効くとされているが、体を温める効果もあって、こわばったうなじや背中、肩の緊張をほぐし、症状をやわらげる効果があるそうだ。
毒島さんは、さらに肩こりや運動不足に効果のあるストレッチの動画のリンクをSNS経由で送ってくれた。試してみると体のこわばりが本当になくなった。ハーブティーや漢方薬と合わせてお礼の言葉をSNSで返した。

そんな中、馬場さんは一進一退を繰り返していた。アセトアミノフェンを飲ませると、とりあえず三十七度前後に熱は下がる。しかし四、五時間すぎるとまたじわじわと上がり出す。そして咳は収まる気配を見せない。さすがにつらそうなので、くるみに頼んでどうめき薬局に行って咳止めの薬を買ってもらった。

肺炎だとしたら市販薬を飲んでもあまり効果はないそうで、とりあえず気管支を拡張する効果のあるメチルエフェドリンが配合された薬を販売してもらった。
「薬局はガラガラでしたが、毒島さんは他の患者さんの相手をしていたので、刑部さんという薬剤師さんと話をしました」とくるみは報告してくれた。

その夜は笠井さんから連絡があった。
「馬場さんの具合はどうだい」

「あまりよくないですね」

この一週間の容態の変化を説明する。

「そうか。心配だな」笠井さんは声を暗くする。

「初期症状はどんなだった？　いきなり高熱が出たのかな」

「気がついたら三十八度の熱が出ていたようですね。それまでにも体のだるさや関節の痛みは感じていたようですが、徹夜麻雀のせいで肩こりがひどくなったと思っていたみたいです」

爽太の言葉に笠井さんは笑った。

「馬場さんらしいな。年が年なんだからもう少し控えればいいのに。俺がインフルエンザにかかったときもそんな感じだったかな。馬場さんも新型コロナウイルスじゃなくて、インフルエンザにかかったってことはないのかな」

「どうでしょう。ネットニュースで見た話では、医師も感染を恐れて、インフルエンザの疑いのある患者に、検査なしで治療薬の処方箋を出しているようですが」

インフルエンザ検査は、綿棒で鼻や喉の粘膜を採取してキットにかける。しかし感染しているのがインフルエンザではなく、新型コロナウイルスだった場合、その作業を行った医師や看護師に感染する危険がある。そのリスクを回避するために、検査を省いてインフルエンザの治療薬を出しているとのことだった。

薬を服用して症状が治まればそれでよし。治まらなければ、あらためて帰国者・接触者相談センターに相談するよう説明をしているという。大きな病院では発熱外来を設け、一般診療とスペースを分けて診察をしているが、街中のクリニックでは一般患者との診療時間を区切るしか方法はない。医療関係者への感染拡大を防ぐためには、検査の中止もやむなしということらしい。

「やっぱり病院関係者は神経質になっているんだな。それでと言ったらあれだが、ちょっと相談があるんだが……」

笠井さんは声を落として、「原木に聞いたんだけど、薬剤師の知り合いがいるんだって?」と訊いてきた。

「親しいそうだけど、頼み事とかできるかな」

相談とは言わずに、頼み事と言ったのが気になった。

「なんですか」

まさか処方薬をこっそり分けてくれとかいう話じゃないよな、と思いながら訊く。

「実は、また体調が悪くてさ。今日は夜勤明けで、昼過ぎに帰って横になり、少し前に起きたんだ。体がだるくて熱を測ったら、三十七度七分あるんだよ」

話を聞いて、首筋にちりちりしたものを感じた。

「他に症状はありますか」

「関節が痛くて、咳が出る。コロナじゃなくてただの風邪だと思うが、前のことがあるから、少し心配になって」

このところ勤務が連続して、十日間続けて仕事だったという。馬場さんと爽太が抜けたため、急きょシフトを組み直したためらしい。

「それはすいませんでした。僕たちのせいで」

「いや、謝ることはない。俺が休んだ時は代わりに出てもらったし、それは別に構わないんだ」

系列の他のホテルからフロントスタッフをヘルプで派遣してもらって、なんとかやりくりをしているそうだ。

「インバウンドを含めて予約もすっかり減っているから、最低限の人数でまわせている。お陰で明日から五連休になった」

「それならゆっくり休めますね」

「それが、そういかないのが妻子もちの悲しさだ。嫁さんから子供の面倒を見るように言われていてさ」

それなら熱を下げる薬を教えてくれないか、という相談か。

解熱鎮痛薬なら、ちょうど知識を得たところだ。ＮＳＡＩＤｓとアセトアミノフェンの特徴については自分でも説明できる。毒島さんに頼むほどのことでもない。もっとも新型コロナウイルスだったら、熱が下がっても安全とは言えないけれど。

ところが笠井さんは意外なことを言い出した。

「PCR検査を受けるにはどうしたらいいか、薬剤師の人に訊いてくれないか」

意味がわからない。それは医師か保健所、あるいは帰国者・接触者相談センターに相談するべきことだろう。

「それはもちろんわかっている。でもハードルが高くて、PCR検査は受けられないって話じゃないか。それでお前や馬場さんはホテルに軟禁されているんだろう？　でも俺はそんなのは嫌なんだ。あのクルーズ船のニュースを見たときも思ったが、狭い場所に閉じ込められるのが耐えられない。閉所恐怖症の気があるのかもしれない。だからなんとかPCR検査を受けたいんだ。自分が陰性だと証明したい。それでその方法を探っている」

そうやってインターネットを検索しているうちに〈PCR検査には医療関係者枠がある〉という噂を見つけたそうだ。

〈医療崩壊を防ぐために、一般人に優先して医療関係者のPCR検査を行っている。だから医師に知り合いがいる人は、頼み込めばPCR検査を受けられる〉

その噂が真実なら、薬剤師も検査枠をもっているだろう。だからその真偽を確かめてくれないか、と笠井さんは言うのだった。

爽太は苦笑した。「PCR検査をしても新型コロナウイルスに感染しているか、していないかという事実がわかるだけです。予防効果も何もないわけですし、それは根拠のない噂だと思います」

しかし笠井さんは納得しなかった。医療関係者なら裏技を知っている可能性がある、ダメ元でなんとか頼んでみてくれないか、と食い下がる。

「裏技があるなら僕の方が知りたいですよ。PCR検査を一番受けたいのは自主隔離している僕なんですから」

爽太は言ったが、それは藪蛇《やぶへび》だった。

「そうだよな。その気持ちは俺もよくわかる。だからこそ訊いてほしいんだ。訊くだけならタダだし、リスクもない」

いくら断っても笠井さんは引き下がらなかった。

面倒になって、「わかりました」と爽太は言った。

「とりあえず訊くだけは訊いてみます」

「よかった。家にいるからわかったら連絡をしてくれ」

笠井さんは喜んで電話を切ったが、爽太は憂鬱な気持ちになった。

毒島さんにそんなことを訊いたら笑われそうだ。いや、笑われるならまだいい。そんな馬鹿なことがあるはずないです、と叱られるかもしれない。

面倒なことを引き受けてしまった。どうせダメに決まっているのだ。質問したふりをして、やっぱりダメでした、と嘘の報告をしてしまおうか。

そんなことを思い悩んでいると、今度は刑部さんからＳＮＳに連絡があった。

刑部さんとは一緒に飲んだときに連絡先を交換したことがある。ただしこうして連絡があるのははじめてだ。

ＳＮＳにはこういうメッセージがあった。

《原木くるみさんが薬局に来てお二人のことを聞きました。熱があって自主隔離されているとのことですが、その後具合はいかがですか》

爽太はすぐに返信した。

《幸いにも自分に症状は出ていないです。だけど馬場さんは熱が上がったり下がったりで、咳や頭痛などの症状も出ています》

その後も文章のやりとりを続けたが、だんだんと面倒になってきた。それでお互いにダウンロードしているビデオ会議用のアプリで通信することになった。

刑部さんは年が近いだけに話しやすい相手でもある。

スマートフォンでのやりとりを終わらせて、私物のパソコンを起動する。ホテルのフリーWi-fiにつないで、ビデオ通話アプリを立ち上げる。教えてもらったＩＤにログインすると、ディスプレイにゆるふわセミロングヘアで、目がくりっとした小動物っぽい顔立ちをしている、刑部さんが現れた。背後にはバーチャル背景の満天の星が瞬く夜空が広がっている。

「元気そうですね」刑部さんが言った。

「いまのところは何も症状が出ていませんから」

感染していないのか、まだ潜伏期間でこれから発症するのか、あるいは発症しているが無症状なのか、その判断がつかないことがもどかしいと口にする。

「味覚や嗅覚に異常はないですか」

「いまのところ大丈夫です」と答えて、そうだ、さっきの件を聞いてしまおうと思いつく。

「あの、ちょっと訊きたいことがあるんですが」

笠井さんから頼まれた件を質問すると、「そんなものないですよ」と思い切り笑われた。

「仮に特別枠があったとしても、適用されるのは偉い方に限られますね。私たちにまわってくることはありません」

「やっぱりそうですよね。変なことを訊いてすいません」

爽太は苦笑いをして謝った。

「ところでどうめき薬局はどうですか。テレビのワイドショーを見ていると、マスクや消毒液が売り切れてドラッグストアは大変なようですが」

「マスクも消毒液もずっと売り切れです。でもウチみたいな調剤薬局だとクレームはないですね。代わりと言ってはなんですが、この前、コロナに絡んだちょっとした事件がありました――」

実はその話がしたくて今日は連絡したんです、と刑部さんは悪戯《いたずら》っぽく笑う。

その言い方と事件という単語にぴんときた。

「もしかしてそれは毒島さんがからんだことですか」

毒島さんは他人の不正や不誠実な行動を見過ごせない生真面目な性格をしている。それがいい方に動けば問題は何もないのだが、悪い方に動くと周囲を巻き込んでの騒ぎに発展することがある。

「さすが水尾さん、正解です」刑部さんは頷いた。

「聞きたいですか」

「もちろんです」

「わかりました。では」刑部さんはこほんと咳ばらいをしてから、「守秘義務があるので、患者さんの名前は仮名にします」とまずは断った。

「ことのはじまりは去年の暮れ――新型コロナウイルスの騒ぎがはじまる少し前でした」

7

どうめき薬局の常連の患者に堀田《ほった》さんという女性がいる。

六十代の女性で悪い人ではないのだが、精神的にロウなときとハイなときがあって、それが原因でトラブルを起こすことがある。

ロウなときは薬ができるのをじっと待ち、順番が来たらそれを受けとって帰るだけなので問題はないが、ハイなときは薬剤師のみならず、待合室の患者さんに誰彼となく自分のペースで話しかけるのだ。最初は快く受け答えをする患者さんも次第にそのしつこさに辟易《へきえき》して、ときには怒り出す人もいる。

そのときもハイな状態だったらしく、隣に座った赤ん坊連れの若いお母さんにしきりに話しかけていた。そういうときの堀田さんは、相手の返事を聞くことなく、ひたすら自分のペースで話し続ける。

「最初はベビーカーで眠っている赤ちゃんのことを可愛《かわい》い、可愛い、と褒めていたのですが、その合間に『赤ちゃんは免疫が弱いから絶対に風邪をひかせてはいけない』という言葉が聞こえて、ちょっと心配になりました」

二人は投薬口のすぐ前のソファで話をしていて、投薬をしていた刑部さんの耳に断片的な会話が入ってきたそうだ。

免疫機能がどうこうという話を堀田さんははじめて、若いお母さんはきょとんした顔をしながらも頷いていた。

刑部さんは気になってそちらを見た。真冬だというのに短いスカートとヒールの高い靴を履いて、髪を茶色に染めたヤンママ風の若いお母さんだった。彼女が神谷《かみや》さんという名前で、年齢が二十歳だということは後で保険証を見てわかった。

堀田さんには、あちこちで聞きかじった医学の知識や、テレビ番組で取り上げられている健康法を、医療関係者に認められて、広く実践されていることのように口にする癖がある。南米特産の植物から抽出したアルカロイド由来のサプリメントとか、オゾン発生器を使った健康法などを、効果抜群だと自信満々に説明するのだ。

患者さん同士のこととはいえ、調剤薬局という場所柄、放っておいていいのかという声もあった。実際、外から中を覗いて、堀田さんが待合室にいると他の調剤薬局に処方箋を持っていく患者さんがいる、という話も耳に入ってくる。

なんとか対応を考えなくてはいけない、とみなで相談していた矢先でもあった。

「そのとき私は〈投薬〉担当だったので、二人に注意を払えましたが、その後はお昼休憩をはさんで〈調剤〉にまわることになっていました。だから次に投薬を担当する毒島さんに事情を説明したんです」

調剤薬局の仕事の流れについて、刑部さんは簡単に説明してくれた。

まず受付で事務の担当者が患者から処方箋を受け取って、保険が適切か、期限、医師名押印があっているか等を確認して、レセプト用のコンピューター、通称レセコンにその内容を入力する。

次に〈調剤〉担当の薬剤師が薬剤名や分量をチェックして、複数の薬の混合や錠剤の粉砕、薬の一包化など、患者が薬を間違えることなく、飲みやすくするための加工を施す。そして揃えられた薬を〈監査〉にまわす。

監査担当の薬剤師は、薬の間違いや漏れがないか、他の薬や食品との相互作用や基礎疾患に対する禁忌となる薬はないか、用法容量は適当かを確認する。患者が子供や妊婦、高齢者だった場合はさらに細かくチェックをして、問題があれば処方した医師に疑義照会をする。必要があれば薬の内容や分量の変更を行い、最後に〈投薬〉担当の薬剤師から患者に薬が渡される。その際に服薬指導をすることが薬剤師には義務づけられている。

薬局の規模やオートメーション化の度合いによって薬剤師の数や手順は変わってくるが、どうめき薬局ではそのような流れで薬を渡しているそうだった。

そういうわけで投薬担当でなければ待合室の様子はわからない。

昼休憩の時間になったが、二人のことが気になって、刑部さんは待合室の横でそれとなく様子を窺《うかが》った。すると思いもかけないことが起きた。毒島さんがカウンターから待合室に出て、堀田さんに直接注意したのだ。

「もちろん普段はそこまでのことはしませんよ。飲み屋でくだをまく酔っ払いに注意するのとは違います。でもさすがにその日は見逃せなかったみたいです」

堀田さんは、空間除菌を謳《うた》った薬剤を赤ちゃんの顔に噴霧しようとしたそうだ。

生まれたての赤ん坊はお母さんから胎盤や母乳を通じて免疫物資をもらう。だが生後半年を過ぎた頃からそれは弱まって、自分の体内で新たな免疫を作るようになる。さまざまな感染症にかかることで抗体を獲得して、免疫機能を高めて、赤ん坊は母親がいなくても生きていける体を作っていくわけだ。

しかし堀田さんはまるで違ったことを神谷さんに言っていた。

『赤ちゃんは免疫が弱いから、母親たるものいつも健康状態に気を配らなきゃいけないわ。風邪だってこじらせれば命にかかわることがあるでしょう。でも赤ちゃんを二十四時間監視して、絶対に風邪を引かないように気を配るわけにはいかないわよね。だからそういうときはこれが役に立つわよ』

堀田さんは紐《ひも》のついたプラスチックのペンダント状のものを鞄《かばん》から取り出した。

『この中には次亜塩素酸や二酸化塩素が配合された薬剤が入っていて、悪い細菌を殺す効果があるの。抱っこするときはお母さんが首からかけて、外出するときはベビーカーにかけておけばいい。これがそばにあるだけで赤ちゃんは除菌された清潔な空気を吸えるわけ。さらに念を入れたいなら、このスプレータイプを使えばいいわ』

堀田さんは続いてスプレー式のプラスチック容器を取り出した。

『ウチにたくさんあるから両方ともあげるわ。インフルエンザが流行《はや》っているし、とりあえず赤ちゃんのお顔にスプレーしてあげるわね』

堀田さんがノズルを赤ちゃんの顔に向けるのを見て、毒島さんは慌てた様子でカウンターの横から飛び出した。

そもそも風邪の原因はウイルスであって細菌ではない。しかしそれより問題なのは次亜塩素酸や二酸化塩素には細菌を不活性化する効果があることだ。それは病原性の細菌のみならず、皮膚を守り、バリアとなっている常在菌にも影響を与えることになる。口腔《こうくう》や消化管には、免疫機能や生理機能に影響を与える常在菌が多数いる。そんな常駐菌が減少すれば、逆に病原性の細菌が繁殖する下地ができるのだ。

「毒島さんはそういう意味のことを、声を荒立てず、噛んで含めるように堀田さんに説明しました」

せっかくの親切を邪魔された堀田さんはムッとしたようだが、毒島さんの説明に反論することはしなかった。むくれた顔をして、「もういいわ。用事があるからもう帰る。薬は家に送ってちょうだい」と言い捨てて、神谷さんを振り返ることなく出て行った。

残された神谷さんは、しかし毒島さんにお礼を言うでもなく、目を覚ましてむずかり出した赤ん坊を抱き上げるとあやしはじめた。

「その時点で、あれっと思ったんです。そういうことがあれば、ありがとうとか、すいませんとか何か一言を言うじゃないですか。でもそういう言葉は何もなく、ただ赤ん坊の世話をはじめたんです。そのときは若いお母さんだから仕方ないのかなとも思ったんですが——」

しかし問題は年齢のせいではなかったとその後の投薬で判明する。

神谷さんの処方箋は泌尿器科のクリニックから出されたもので、処方された薬は葛根湯エキス顆粒《かりゅう》（医療用）だった。

「患者さんの処方箋の内容を第三者に漏らしたらいけないんですが、それを隠すと話が通じないので言いますね。このことはここだけの話にしてください」

刑部さんに念を押されて、「もちろんです」と爽太は頷いた。

葛根湯を見せると、神谷さんは突然怒り出したそうだった。

『葛根湯って風邪のときに飲む薬でしょう。ママがいつも飲んでるよ。どうしてそんな薬が私に出るの？　おかしいよ！　だって亜紀《あき》、風邪なんかひいてないもん。こんな薬を飲んでも意味ないよ。だからお医者さんは嫌なんだ！　亜紀が何も知らないと思って馬鹿にして——！』

周囲の患者さんのことを気にもかけず、神谷さんは大声で医師への不平不満を言い立てた。

それで堀田さんとは違う意味で問題がありそうな患者さんだとわかった。それは様子を窺っていただけの刑部さんも怯むような勢いだったが、しかし毒島さんは動じることなく、じっと神谷さんの言葉を聞いていた。途中で遮ることなく言いたいことを全部言わせると、一呼吸置いて薬の説明をはじめた。

『説明をしますね。葛根湯には発汗作用があって、たしかに風邪の引きはじめに効果があるとされています。だけどそれだけではなく頭痛や肩こり、じん麻疹《ましん》にも効果があるんです』

葛根、大棗《たいそう》、麻黄《まおう》、甘草《かんぞう》、芍薬《しやくやく》などの生薬が配合されているが、その中でも麻黄に含まれているエフェドリンは尿道括約筋の収縮を増強させる働きがある。そして芍薬に含まれているペオニフロリンは膀胱《ぼうこう》の排尿筋を弛緩《しかん》させる働きを持っている。さらに乳腺炎にも適応があるので、授乳中でも服用しやすいという利点があるそうだ。

『いま私が説明した症状の中に、このクリニックを受診した理由がありますか』

毒島さんが声を落として訊くと、神谷さんはびっくりした顔をしながらも、こくりと頷いた。

「男性にはわからないと思いますが、出産後に尿失禁を自覚して悩む女性は多いんです。出産によって骨盤底筋という筋肉が緩むことが原因です。でもわざわざ泌尿器科に行くのは恥ずかしいし、紙オムツなどで処理しているうちに自然治癒をする例が多いようです。神谷さんもそれで悩んでいたようですが、なかなか治らないので、勇気を出して泌尿器科のクリニックに行ったということでした」

そこで治療薬として出されたのが葛根湯だったので、馬鹿にされたと思って怒り出したということらしい。

『そうなんだ。じゃあ、この薬でいいんだ』

毒島さんの説明を聞いて納得したようで、神谷さんはけろりとして、薬を受け取り帰って行った。

話を聞いて爽太も頷いた。

「たしかに葛根湯は風邪の薬というイメージが強いですね。自宅の薬箱にもありました。毒島さんからも肩こりに効く漢方薬として差し入れしてもらったんですが、それ以外にも色々な効用があることは知りませんでした」

「葛根湯はある意味、万能薬なんですよ。肩こり、頭痛、筋肉痛、じん麻疹、蓄膿《ちくのう》、神経痛、それからにきびにも効果があるとされています。注意するべきは会社によって原料の生薬の分量や配分が違うことですね。ＯＴＣだと医療用漢方製剤よりも生薬

の量が減量されているので注意して下さい」と
「あの、今の話ですが、そもそもお医者さんが診察のときに、葛根湯を出します、と患者さんに説明していれば、何も問題は起こらなかったんじゃないですか」

　爽太が言うと、刑部さんは嬉しそうに頷いた。

「水尾さん、いいこと言いますね。さすが毒島さんと親しくしているだけのことはあります」

「どうしてお医者さんは説明しないんですかね」

　爽太は訊いたが、逆に質問で返された。

「水尾さんのときはどうでしたか。前に足の痒《かゆ》みで通院したことがあるんですよね。そのときお医者さんは薬のくわしい説明をしましたか」

　刑部さんに言われて、去年のことを思い出す。足に痒みを覚えて、近所のクリニックに行ったのだ。そこはヤブ医者を超えたモリ医者だった。しかし当時はそんなことは知らずに診察を受けた。水虫と言われて、薬の処方箋をもらい、それを調剤薬局に持って行った。

　それが毒島さんと知り合うきっかけになったわけだが、たしかに医者から薬の説明は受けなかった。それどころか、薬の使い方を質問する爽太に対して、『餅は餅屋、薬のことは薬剤師に訊け』とその医者は言ったのだ。

あの医者は問題外として、その後にかかった皮膚科の医師も、『ステロイドの薬を出します』とは言ったが、細かい説明はしなかった。

薬の名前や使い方、注意点などはすべて調剤薬局の薬剤師から聞いた。

「たしかに説明は何も受けなかったですね」

「お医者さんは忙しいですからね。順番を待っている患者さんがたくさんいれば、そういう説明は省きたいとは思うでしょうね」

「じゃあ、それは仕方のないことですか」

「仕方ないとは思いたくないですね。そしてお医者さんだけが悪いとも思いません。これは薬剤師の側から訊きたいんですが、どうして患者さんは自分の処方箋を見ないんでしょうか。処方箋は病院やクリニックで受け取りますよね。その場で見れば出された薬の名前はわかります。いまの時代、どんな薬でもネットで調べることが可能です。それなのに処方箋には一切目もくれず、いざ薬局で出された薬を見て文句を言い出す患者さんがどれほど世の中にいることか――」

刑部さんは嘆くように言う。

「どうしてあの薬が出ていないのとか、一か月分と言ったのに二週間分しか出ていないとか、そんなクレームを薬剤師に言われても困ります。それは患者さんとお医者さんが相談して決める内容です。そしてそれは処方箋に書いてあります。どんな薬がどれだけの量出ているのか、少なくとも自分でチェックをしてから、調剤薬局に持って来てほしいと思います」

薬剤師からすればそれはたしかに切実な問題だろう。そう言いたくなる気持ちは納得できる。しかし患者側からすればまた別の言い分があると爽太は思った。

「それは処方箋を渡されるタイミングに問題があるような気がします」

一般的な病院やクリニックでは診察を受けた後、会計時に処方箋を渡される。そのときに処方箋の内容を確かめて、疑問や質問を医師にぶつけようという患者が果たしてどれだけいるだろう。

「その立場になれば、早く帰りたいとしか思いませんよ。そこでぐずぐずしていたら調剤薬局でまた待たされる破目になります」

診察の前後でさんざん待たされて、調剤薬局でまた待たされる。そしてようやく薬をもらったら、自分の思ったものと違っている。

患者にしたらたしかに怒りたくもなるだろう。

「といって怒鳴ったりするのは大人げないと思いますが」

「そうですよね。待たされた患者さんの気持ちもわかりますが、お医者さんに何も言えないからって、代理として薬剤師に文句を言うのはやめてほしいです」

刑部さんは言ってから、

「すいません。話がそれました。神谷さんの話に戻しますね。えーと、どこまで話しましたっけ」

「葛根湯の説明を聞いて、神谷さんが大人しく帰って行った、というところまでですね」

「そうでした。そこで終われば色んな患者さんがいる、で終わった話なんですが、年が明けてから神谷さんがまた薬局に来たんです……」

今度は内科の処方箋をもってきた。

そして受付でカウンターの中をきょろきょろと見回して、『この前の人はいる？』と事務の女性に無遠慮に訊いたそうだ。

そのとき受付にいたのは前とは別の女性だった。だからこの前の人と言われてもわからない。すると神谷さんは、『みんなマスクをしているから顔がわからない』とじれったそうに言って、壁にかかった薬剤師の名前に目を留めた。

『あっ、あれ、あの人！　ドクシマさん！』と嬉しそうに言った。

胸につけた名札を覚えていたようだ。

『ブスジマですね』

事務の女性はそれとなく訂正したが、『そう！　ドクシマさん！　その人から薬が欲しい！』と神谷さんは大声で言った。

そしてそれ以降、ずっとドクシマさんと呼んでいるという。

調剤薬局内でドクシマさんと呼ぶのはさすがにまずいような気がするが。

「訂正されても直さないんですか」

「神谷さんには、すでにドクシマさんでインプットされてしまったようですね」

その後も来局するたび、『担当はまたブスジマでいいですか』『ブスジマはいま席を外しています。戻るのは一時間ほど後になりますが』と受付に言われても、『そう。ドクシマさんで』『じゃあ、処方箋を預けて、ドクシマさんが戻った頃に薬を取りに来る』と神谷さんは堂々と言う。

そんなこともあって、どうやら神谷さんは他人とのコミュニケーションに難があるパーソナリティーの持ち主だとわかった。最初はそっけなかった態度が、来局を重ねるごとに慣れ親しんでいき、ついには同年代の友達に話すような言葉遣いで毒島さんと話すようになった。

当の毒島さんは名前のことも、口の利き方もまるで気にしていないようだった。

気になった刑部さんがそれを訊くと、『バスの時間まで五分しかないから私の薬を先にして、と平気で言う患者さんに比べたら百倍ましですね』という答えが返ってきたそうだ。

ただ問題となったのはその頻度だ。一月と二月の二か月で神谷さんは二十二回、どうめき薬局に処方箋を持ってきたそうだ。

「二十二回って、ほぼ週に三回のペースじゃないですか。いったいどれだけ病気にかかればそんなことになるんですか」

「本人の体調不良が四回で、残りはすべて麗美《れいみ》ちゃんという赤ん坊の処方箋でした」

二回目から五回目は、内科や耳鼻科など本人の風邪の症状に関するものだった。

そして六回目に子供がかかった耳鼻科の処方箋を持って来て、それ以降、小児科、皮膚科、眼科と子供の処方箋ばかりになった。

不思議なのは、同じ症状で複数の病院やクリニックにかかっていたことだ。小児科が四か所、耳鼻科が五か所、皮膚科が三か所、眼科が二か所。同じ病院やクリニックに行くのは多くて二回。三回かかったところはひとつもない。

受診した症状も、微熱がある、鼻水がとまらない、肌が赤くなっている、目が充血している、などすべて緊急性を伴わないものだった。

さらに回を重ねるごとに、毒島さんへの接し方も変わってきた。

最初は薬の説明を聞いて、質問をするくらいだったものが、次第に自分からそれ以外の話をするようになり、一か月が経つ頃には子育てに関する悩みごとや、自らの生い立ち、現在の生活のありようまでを口にするようになっていた。

子供の頃から体が弱くて、病気をしたり、怪我をしたことが多かった。さらには人見知りで初対面や年上の人とうまく話せない。感情のコントロールがうまくできなくて、パニックに陥ったように一人で大騒ぎをしてしまうことがある。小学校の頃から周囲になじめなかったが、中学高校ではいじめにあってリストカットを繰り返した。ひとり親家庭に育ったせいで、安心できる家族が早く欲しかった。それで十九歳で結婚したが、夫は仕事が忙しくて、夜遅くならないと帰ってこない。母は亡くなっていて、周囲に頼れる人が誰もいない。今はとにかく一人で子育てをするのがつらい。どうすれば麗美のためになるのか、それがわからなくて、不安に押しつぶされそうになることがある――。

来局するたび、薬の話はそっちのけで、そんな話を延々と毒島さんにしたそうだ。

「つまり神谷さんは話し相手が欲しくて、どうめき薬局に通っていたということですか」

ワンオペ育児で近くに頼る相手がいない。それで薬のことを丁寧に説明してくれた毒島さんを信頼できる相手だと思い込み、話をしたいがために複数の病院やクリニックに通って、処方箋をどうめき薬局に持ってきたのだ。

「患者さんが、同じ症状で複数の診療機関に行って薬を処方してもらうことを重複処方というんです。転売が目的だったり、手元に薬がないと不安だという患者さんが過剰に欲しがるケースもあります。でも神谷さんのようなケースははじめてでした」

調剤薬局をストレス解消の場所にしていたわけか。

しかし新型コロナウイルスの影響で患者は減っていると前に聞いたが、そこまで話をしている余裕があるものなのか。

「最近はさらに患者さんは減っているんですよ。最初に、コロナの影響で、と言ったのはそのためです。小中高と幼稚園がお休みになった影響が大きいです。感染症の多くは学校や幼稚園、保育園などで感染が拡大する傾向が強いんです。それらがすべてお休みになったため、感染症にかかる子供もガタッと減りました」

混んでいればそれを理由に話を切りあげることもできるが、待合室がガラガラだとその手は使えない。もっとも神谷さんの性格であれば混んでいても気にせず話を続けようとするかもしれないが。

「そんなわけで三十分から、ときには一時間ほども話をしていくようになりました。毒島さんも困惑しているようでしたが、それでもまだ薬局内の問題だから仕方ないとあきらめていたんです」

そのうちに収まるだろうと楽観視していた。しかし次第にそれでは済まない雰囲気になってきた。

そこで刑部さんは言葉を切ると、

「ちょっと喉が渇きました。お茶を入れてくるので、待ってもらっていいですか」

「いいですよ。行く場所もないし、することもないし、いくらでも待ちます」

「すいません。じゃあ、せっかくなのでクイズです。ただ話を聞いているだけなのも退屈だと思うので、次に何が起こったか考えてみてください」

「それは神谷さんが何かをしたってことですか」

「そうです。でもそれだけじゃわからないと思うのでヒントを出しますね。ヒントはとびひです」と言って刑部さんが画面から消えた。

とびひ……とは何だろう。

病気の名前だったかな。なんとなく聞き覚えはあるが、どんな病気かはよく知らない。

スマホで検索すると、傷口に細菌が感染して、あちこちに広がる皮膚感染症とあった。正式には伝染性膿痂《のうか》疹といって、飛び火するようにあっという間に広がるのでこの俗名があるそうだ。虫刺されやあせも、湿疹を掻き壊した傷や、乾燥肌、アトピー性皮膚炎などでバリア機能が低下した部位に、黄色ブドウ球菌や溶血性連鎖球菌が感染することで発症する。子供に患者が多いのは、色んな場所を触った手で痒い部位や傷口に触れることが多いせいだ。

たしかに子供は痒ければ掻きむしる。それが赤ん坊ならなおさらだ。

ということは麗美ちゃんがとびひにかかって、神谷さんがその処方箋を持ってきたということだろう。

そこでまた問題が生じたというわけか。神谷さんはかかるクリニックや病院を次々に変えるから、薬を何種類ももらって、それを赤ちゃんに飲ませてしまったということだろうか。いや、毒島さんを信頼しているならそれはないか。逆に一ミリグラムの単位までこだわってパニックを起こしたのかもしれないな。

戻ってきた刑部さんに考えたことを伝えた。

「どちらも外れです」

刑部さんは左右の人差し指を交差させて×を作る。

「わかりません。答えを教えてください」

「神谷さんがとびひの処方箋をもってきたのは三月のはじめでした。なかなか治らないようで、とびひだけで三回も病院を変えていました。毒島さんは薬の塗り方や包帯の巻き方を丁寧に教えた後で、『心配な気持ちはわかりますが、あちこちの病院に連れまわすのもよくないです。少し家で様子を見てあげてください』と声をかけました。そうしたらその後で今度は外科の処方箋をもってきたんです」

火傷《やけど》だった。誤ってヘアアイロンを麗美ちゃんの腕に当ててしまった、と神谷さんは言った。さいわいにも軽傷だったが、そこで新たな疑念がわいた。

「あっ、わかりました」爽太は言った。

「毒島さんと話をしたいがために、神谷さんが子供の感染症を放置したり、わざと火傷を負わせているのではないかと疑ったんですね」

「正解です」

刑部さんは左右の親指と人さし指で○を作った。

「〈代理によるミュンヒハウゼン症候群〉って知ってますか」

「テレビで見たことがあります。子供をわざと病気にして、周囲の同情を集める精神疾患のことですよね」

「そうです。エスカレートすると子供は健康状態をそこねて、ときには生命が脅かされる危険もあります。巧妙に演技して、子供思いのいい親を演じるため、なかなか露見しないのが特徴です。子供に気づかれないように怪我をさせたり、不要な薬を飲ませたりするために、子供自身も親がしているとは気づきません。入院中の子供の虐待を調査した報告があって、中には子供に睡眠薬を飲ませたり、わざと骨折させたりする例もあるということでした」

病気で子供が入院した、とてもつらい、とSNSに心情を書き込んだところ、励ましや同情のリプライがたくさんついた。それが嬉しくて、症状が改善して退院させることが嫌になり、点滴に異物を混入した親もいるそうだ。

にわかには信じられないが、本当にあった話だという。

「普通の虐待と違うのは、同情してくれる第三者を必要とすることです。病院での事例に関しては、母親によるものがほとんどで、被害の大半は乳幼児というのが特徴だそうです」

入院中は子供から片時も離れずに献身的に看病するふりをして、子供の具合が好転したり、自分の行為が露見しそうになったりすると、病院を変えてまた同じことをするそうだ。ワンオペ育児に苦痛を感じていたり、親から溺愛《できあい》されて育った経験があると、周囲の注目と同情を集めたくなり、そういった心理に陥りやすいともいわれている。

「あとは現実逃避ですね。子供の看病をしている限り、他のことをすべて擲《なげう》っても他人から非難されることはありません」

病気の子供の看病は、母親にとって最優先で取り組むべき事柄だ。そういう社会通念が背景にあるから、それを逆手にとった歪《ゆが》んだ行為が起こるらしい。

刑部さんの話を聞きながら感心すると同時に驚いた。

「よく知ってますね。薬剤師ってそういう勉強もするんですか」

「今回は特別です。この件に関して薬局内でミーティングをして、みんなでその病気のことを調べましたから」

もっとも神谷さんの場合は事情が少し違っていた。周囲の注目や同情を集めたいのではなく、毒島さんと話をしたいがための行動なのだ。

「事務さんに心理学にくわしい人がいて、それは〈代理によるミュンヒハウゼン症候群〉というより〈八百屋《やおや》お七《しち》〉の心理に近いのではないか、という意見もありました」

「〈八百屋お七〉って、江戸時代に火つけをして火あぶりにされた女の人ですよね。それがどう関係あるんですか」

「お七は、火事で避難した先のお寺の小姓さんを好きになったんです。家が再建されて戻った後も会いたい気持ちが抑えられず、また家が火事になればお寺に避難して会うことができる。そう考えて放火したという話です」

毒島さんと会いたいがために子供に病気や怪我をさせたのなら、たしかに八百屋お七に重なるところもある。

それならさしずめ〈八百屋お七症候群〉というところだろうか。

そのミーティングは方波見さんが主導したらしい。

方波見さんはどうめき薬局の管理薬剤師で、毒島さんの上司にあたる女性だ。在籍している薬剤師と事務の全員が参加して、今後どう対応すればいいか話し合ったそうだ。明らかな虐待や育児放棄なら児童相談所に通告すればいいが、神谷さんが虐待や育児放棄をしているという証拠はどこにもない。

とびひにしても、火傷にしても、ワンオペ育児をしている若い母親ならばやむを得ないと言えないこともない。

方波見さんから意見を求められて、当事者である毒島さんは、話をしていて言葉の端々に違和感を覚えることがあります、と発言した。子供を嫌っているわけではないが、どこか突き放したような言い方をするときがあると言うのだ。

しかしそれだけでは虐待や育児放棄の証拠にはならない。

「色々と話し合いましたが、こうすればいいという結果は出ませんでした。神谷さんのパーソナリティーを考慮すると滅多なことは口にできない、虐待を疑うようなことを言えば、怒って、それ以降は二度と来局しない恐れもあるからです」

調剤薬局として患者さんのプライバシーにそこまで立ち入る必要があるのか、という意見も出たそうだが、乳児虐待の疑いのある案件を知らんふりをするのは心が痛む、という意見が大勢を占めた。

毒島さんも同じ意見だった。

タイミングを見て、それとなく踏み込んだ話をしてみたいと言った。神谷さんが心を開いているのは毒島さんにだけなので、それには誰も反対しなかった。

そして三日前。神谷さんがどうめき薬局に来た。

その数日前に五輪・パラリンピックの延期が決まり、都知事がテレビでステイホームを呼びかけたこともあって、昼間だというのに他の患者さんは誰もいなかった。

『ドクシマさんはいますか』

にこやかに挨拶をする神谷さんが持ってきた処方箋は、隣の区にある皮膚科が出したものだった。患者は麗美ちゃん。

ファロンドライシロップ小児用配合（ファロペネムナトリウム水和物）

ミタＢＭ（酪酸菌製剤錠）

アクアリウム軟膏《なんこう》（ナジフロキサシン軟膏）

ファロンドライシロップ小児用配合はペネム系の抗生剤で、ミタＢＭは、腸内菌叢《きんそう》の異常による諸症状の改善に用いられる整腸剤。そしてアクアリウム軟膏は皮膚疾患の治療に使われるキノロン系の外用抗菌薬だった。

麗美ちゃんのとびひが治らず、また診察を受けたものだと推測できた。

調剤担当の形部さんがレセコンの薬歴を確認すると、前回は別の皮膚科でセフスボン細粒、ビオヘルミンR散、アクアリウム軟膏が処方されていた。

とびひには、水膨れっぽいぶつぶつができる水泡性膿痂《か》疹と、かさぶたができる痂皮《ひ》性膿痂疹の二種類がある。それぞれ黄色ブドウ球菌とA群溶血性レンサ球菌が起因菌とされ、その性質によって使用される抗生剤も違ってくる。

水泡性膿痂疹にはセフェム系やペネム系、痂皮性膿痂疹にはセフェム系やペニシリン系が用いられることが多い。

前回、前々回はセフェム系で、今回処方されたファロンドライシロップ小児用配合はペネム系だ。それで麗美ちゃんは水泡性膿痂疹にかかっていると考えられた。

ベビーカーに寝かされた麗美ちゃんは、腕に包帯が巻かれて、顔の一部もガーゼで覆われている。

見るからに痛々しい姿だが、どういう経過を辿《たど》って症状が進んでいるのかがわからない。かかりつけの皮膚科があるなら経過観察をしているはずだが、こうも頻繁に医院を変えてはどうしようもない。

はじめてとびひの処方箋を持ってきたのが三月のはじめの頃だから、完治しないいま二週間以上が過ぎていることになる。

『麗美ちゃんの状態はいかがですか』処方箋と薬剤を確認した投薬担当の毒島さんが神谷さんに訊いた。

『よくわからないけど、たぶん大丈夫』と神谷さんは答えた。

他に患者さんがいないので、形部さんも調剤室を出て後ろで話を聞いていた。

『お医者さんにはなんて言われましたか』

『えーと、清潔にして、塗り薬を塗って、飲み薬はきちんと飲んでくださいって言われたかな』

『その通りにしていますか』

『――うん、してる』

一瞬の間を置いて、神谷さんは答えた。

『そうですか。言われた通りにしても治らないとすると、耐性菌に侵されている可能性もありますね』

『タイセイキン？』

『中途半端に抗生剤を使った場合、菌がパワーアップして、それまでの薬が効かなくなることがあるんです』

『ふーん、そうなんだ』

抗生剤を濫用した場合、黄色ブドウ球菌が耐性を獲得することがある。

過去にはペニシリンやメシチリンに耐性をもった黄色ブドウ球菌が現れた。メシチリンに耐性をもったメシチリン耐性黄色ブドウ球菌《MRSA》は、それ以外の抗生物質にも耐性を示し、しばしば病院などで大規模な院内感染を引き起こすこともある。

毒島さんはその説明もしようとしたが、神谷さんは、ぽかんとした表情でまるで興味を示さない。毒島さんは少し考えてから、

『じゃあ、ちょっと言い方を変えましょう。神谷さんはゲームは好き?』

口調を変えて知り合いのお姉さんのように神谷さんに話しかけた。

『うん、大好き。暇なときはいつもスマホでやっている』

神谷さんはゲームの名前をいくつもあげて、『もしかしてドクシマさんもゲームが好きなの?』と目を輝かせた。

『子供の頃はやったけど、いまはあまりしないわね。子供の頃に好きだったのは勇者や魔術師がパーティを組んで魔物や怪物と戦うゲーム』

毒島さんがそのゲームの名前をあげると、『知ってる! いまスマホでリバイバル版が流行ってる』と神谷さんは嬉しそうに言った。

『嬉しい! ドクシマさんも好きなんだ』

『そういうゲームには強い敵がいるでしょう。最初は弱いと思ったのに、負けそうになるといきなり変身してパワーアップする嫌な敵』

『ラスボスのこと? こっちが攻撃しても、最後の最後でびょーんって強くなって、全然倒せないヤツ』

『実は麗美ちゃんのとびひも、そんなラスボスみたいな細菌が原因になっているかもしれないの』

『ええ、嘘！　ただ皮膚がじゅくじゅくになっているだけだよ。そんなにひどい病気じゃないってお医者さんも言ってたし』

『とびひの原因は黄色ブドウ球菌という細菌よ。この細菌は珍しいものではなく、健康な人の皮膚や鼻の中、喉などによくいるの。普通はなんでもないけれど、傷口から体内に入ると、ひどく悪さをして、とびひを起こすことがあるわけね。ゲームの例で言うと、村人の格好をしていたラスボスが、隙を見せた途端に魔物に変身してパーティに襲いかかってくるみたいなものかしら。そのラスボスを倒すための強い武器が抗生剤よ。ラスボスの弱点をついて、絶大な効果を発揮する。でもだからといって簡単に使ってはダメ。これを使えば相手はすぐに倒れるけれど、そこで勝ったと気を抜くと、いきなり復活して反撃してくることがある。そういうときの相手は前よりパワーアップしているし、パワーアップした敵には前に効果のあった武器が効かなくなるというのは、こういうゲームのお約束でしょう。それは細菌と薬の関係でも同じなの。パワーアップしたラスボスを倒すには、もっと強い武器が必要になるわけね』

『強い武器？』神谷さんは少し首をひねってから、

『もしかして別の薬を飲むってこと？　じゃあ、それをちょうだい。薬剤師ならどういう薬を飲めばいいかわかるんだよね』

『薬のことはわかるけど、麗美ちゃんのとびひがどんな細菌が原因で、いまどういう状態になっているかはわからないわ。それを調べる能力があるのはお医者さん。患部の状態を調べて、検査をして、どういう薬を使えばよりよい効果があるかを考えるのはお医者さんしかできないの。その後で薬を用意して、どう使えばいいかを患者さんに伝えるのが薬剤師の仕事なの』

ゲームのパーティのメンバーにそれぞれ得意な役割があるのと同じ、と毒島さんは言った。

『じゃあ、麗美の病気を治すには、また病院に行って見てもらわなくちゃいけないってこと？』

『抗生剤を決められた時間に飲んで、塗り薬もきちんと塗っているのにとびひが全然治らない。そういうことなら耐性菌が原因の可能性がある。だから病院に行って検査をしてもらう必要があるということよ』

だからもう一度訊くけど、抗生剤は決められた分を決まった時間に飲ませている？

と毒島さんは静かに訊いた。

『ごめんなさい』と神谷さんは言った。

『塗り薬は塗っているけど、飲み薬はちゃんと飲ませてなかった……です』

面倒だし、塗り薬を塗っていれば大丈夫かなと思ったから、と下を向く。

『気持ちはわかるわ。赤ちゃんに一日三回薬をきちんと飲ませるのは大変なことだものね。薬剤師をしていると、子供が薬を飲んでくれない、飲んでいる途中で吐き出してしまった、という相談をよく受けるわ。小さな子供が病気になると慌てたり、焦ったりして、失敗することはどんな親にでもあることよ。だからそんなに気に病まなくても大丈夫』

毒島さんは処方された薬の内容と飲み方をあらためて神谷さんに説明した。

『ファロンドライシロップ小児用配合は一日三回、時間を守ってきちんと分量を飲ませてね。飲ませるのを忘れたら、気づいたときになるべく早く飲ませればいいわ。ただし次の飲む時間が近い場合は、忘れた分は飲ませずに一回飛ばすこと。二回分を一度に飲ませるのは絶対にダメ。このお薬をきちんと飲ませて、それでしばらく様子をみてみましょう。それでよくなればいいし、もしよくならなかったらこの薬を出してもらったお医者さんに行って、これまでにあったことを正直に話すようにしてちょうだい』

『うん。わかった』と神谷さんは頷いた。

『でもさ、ドライシロップっていうのに、どうしてこれは粉薬なの？　シロップっていうから液体の薬だと思ったのに』

『水に溶かして飲む顆粒や粉末状の薬のことを、ドライシロップって言うのよ』

『そうなんだ。ドライシロップでいいかな、とお医者さんに言われたから、はいって言ったけど、そんなことは教えてくれなかったよ。粉じゃなくて最初からシロップになっている薬の方が楽でいいよ。水で溶かすのは面倒くさい。だから飲ませるのが面倒になって、あげなくてもいいかなって思っちゃうんだよ』と神谷さんは口を尖《とが》らせる。

『赤ちゃんや幼児の場合、シロップの分量を正しく量るのは逆に大変なの。こうやって一回分の分量が袋に入っていれば、それを溶かすだけで済むでしょう。シロップの分量を正確に量るのは薬剤師でも難しいことなのよ。目盛りと目の位置を水平にしないと分量が微妙に変わるの。小さな子供に薬を飲ませるときはドライシロップの方が間違いないの』

『そうなんだ』と神谷さんはようやく納得した顔をする。

『あとはこれね』

ミタBMとアクアリウム軟膏を神谷さんに見せる。

『抗生剤を飲むとお腹《なか》を下すこともあるので、一緒にこれを飲ませるようにして。それと塗り薬はきちんと塗っている？　塗る前に患部はちゃんと清潔にしなければダメよ』

『――うん、塗ってる』

神谷さんは頷いたが、毒島さんにじっと見つめられて、

『本当はちょっと手を抜いているかな。水ぶくれを見るのが嫌で、目をつぶって薬を塗っている。じゅくじゅくしてて、触るとうつりそうで気持ち悪いから――』

『ちゃんと塗ってあげないと治らないわよ。お風呂に入るときも石鹸で優しく洗って、つねに清潔になるように気をつけてあげて』

毒島さんは穏やかに注意した。

『わかった。悪い菌がラスボスにならないように薬をちゃんと使うようにする』

神谷さんは真面目な顔でこくんと頷いた。

『色々と教えてくれてありがとう。お礼にこれをドクシマさんにあげる』

神谷さんはベビーカーに下げていたバッグをごそごそ探って、中から色とりどりのミサンガを取り出した。

『子供の頃に流行ったのを久しぶりに作ったんだ。子供の頃より複雑な物が作れるようになって、最近は麗美の世話をするとき以外、ずっとこればっかりやっている。ほら、私とお揃い、これを見て――』

神谷さんは右手を上げた。ストーンやチェーンを編み込んだミサンガが手首の少し上に巻かれていた。続けて左手も上げて、みせびらかすように、両手をくるくる回し

てみせる。

『綺麗ね。自分で作ったの？』毒島さんがミサンガを見て、目を細める。

『子供の頃、材料や道具を買い集めたのをクローゼットの整理をしてて見つけたの。懐かしくなって、それからずっとハマっている』

ミサンガをひとつカウンターに置いて、『ねえ、ドクシマさんもしてみてよ』とねだるように言う。

『ありがとう。でも仕事中はできないから、プライベートで使わせてもらうわね』

毒島さんはミサンガを取ってカウンターの中にしまった。

『えー、そうなんだ。つまんない。ここ以外のお店でも薬剤師さんってみんな地味だから、もっとお洒落《しゃれ》をすればいいと思うけど』と神谷さんは口を尖らせる。

『他の調剤薬局に行くこともあるの？』

『薬局には行かない。行くのは——とか——』と全国チェーンのドラッグストアの名前をいくつかあげた。

『みんな白衣を着て、メイクも地味だよね。だからアクセサリーくらい可愛い物をつければいいのにって思うんだ』

『ドラッグストアにいる人は、みんながみんな薬剤師ってわけではないわ。いても一人か二人で、あとは販売登録者や一般の販売員の人』

『へー、そうなんだ』

神谷さんはたいして興味も示さずに、腕に巻いたミサンガをいじっている。白い肌に彩り鮮やかなミサンガが映えていた。それをいいタイミングと思ったのか、

『私からも少し訊きたいことがあるけどいいかしら』と毒島さんはそれとなく口にする。

幸いなことに新しい患者さんが来る気配はない。

『うん、いいよ』

『最近、麗美ちゃんに病気や怪我が多いようだけど、神谷さん自身の体調はどうかしら。麗美ちゃんのお世話をするのが大変ということはある？』

『――疲れているかなあ。ずっと麗美と二人きりだし、たまには一人で遊びに行きたいと思うことはある』

『世の中には赤ちゃんの世話が面倒で手を抜いたり、同情してほしくてわざと怪我をさせるお母さんもいるけど、もちろんあなたはそんなことはしないわよね』

『しないよ。なんでそんなこと訊くの？　ドクシマさん、もしかして亜紀のこと疑っている？』

神谷さんはびっくりした顔で毒島さんを見る。

『変なことを訊いてごめんなさい。もちろん疑ってないわ。あなたを信じているから

安心して。ただ心配には思っている。旦那さんは仕事が忙しくて、帰ってくるのはいつも夜遅いという話をしたでしょう。一人で赤ちゃんの面倒を見て、大変だなって思っているの』

旦那さんの帰りが遅いのは今でも前と変わらないかしら、と毒島さんは優しく訊いた。

『――うん、遅い』

神谷さんは口元を少し歪めて頷いた。

『育児や家事は神谷さんが一人でやるの？』

『――そうだよ。亜紀が全部やっている』

自分では注意しているけど、疲れてくると、つい麗美から目を離してしまうことがある。そんなタイミングでとびひを引っ掻いたり、ヘアアイロンに触って火傷をしたりした。麗美には可哀想なことをしたと思うけど、でもずっと見ているわけにもいかないし、仕方ないって気もする、と神谷さんは早口で言った。

『ドクシマさん、亜紀のことをだらしない母親だと思っている？』神谷さんは上目遣いに毒島さんを見た。

『そんなことは思ってないわ』と毒島さんは穏やかに言う。

『本当？　よかった』神谷さんは胸を撫《な》で下ろすような仕草をした。

『ドクシマさんは優しいから好き。他の人はみんな亜紀に文句ばかり言う。だらしないとか、頼りないとか、母親ならもっとしっかりしなきゃダメだとか。お医者さんや看護師さんにはいっぱい怒られたし、保健所の人にも怒られた。でもドクシマさんは怒らないし、ここは他の薬剤師さんも優しそうだからいい』

『神谷さんの思うところはよくわかったわ。でも麗美ちゃんのことを思うなら、小児科や耳鼻科、皮膚科のよさそうなところをひとつ決めて、なるべく同じ先生に診てもらう方がいいと思う』

毒島さんは教え諭すような口調で言った。

『えー、そうかな。亜紀は嫌だな。母親なのにどうして子供を何度も病気にするんだって怒られそうな気がするよ』

『子供が病気にかかるのは仕方ないわ。そうやって色んな免疫を獲得していくの』

生後半年を過ぎた頃から、赤ちゃんは母親にもらった免疫が切れる。その後は自分で免疫を作り出していくという話をした。

しかし神谷さんは『難しくてよくわかんない』と首をふる。

『じゃあ、さっきのゲームの例で言うわ。ゲームをスタートした主人公はレベル1で弱いままよね。その後、色んな敵と戦って少しずつレベルアップしていく。赤ちゃんもそれと同じで、色んなウイルスと戦うことで自分を強くしていくの。生まれてすぐはお母さんからもらったバリアで守られているけれど、生後半年くらいからそのバリアは弱くなる。それ以降の赤ちゃんは、自分でウイルスと戦うことを覚えていくわけね。だから赤ちゃんが色んな病気になるのは仕方ないことなのよ。そうするしか自分をレベルアップさせる方法はないの』

毒島さんは噛んで含めるように言ったが、神谷さんは納得しかねる顔だった。

『亜紀も小さいときからよく病気にかかる子供だったってママが言ってたよ。でも病気をしても亜紀は全然強くなってない。いっぱい病気にかかってママを困らせてきた。だからその話は信じられないな』

『神谷さんは子供の頃にどんな病気にかかったの？』

『水疱瘡《ぼうそう》とか、おたふくかぜとか、インフルエンザとか、あっ、とびひにもかかったことがある』

『水疱瘡やおたふくかぜは仕方ないわ。感染力が強いので抗体がない子供がかかるのはよくあることよ。それにその病気にかかったから病弱ということはないわ。インフルエンザやとびひには誰もがかかる。体が強いとか弱いとかは関係ないの』

毒島さんはそこまで言ってから、思い出したように顔をあげた。

『新型コロナウイルスのせいで保健所は大変そうだけど、麗美ちゃんの予防接種はスケジュール通りに進んでいる？　生後半年だとヒブや肺炎球菌、B型肝炎、四種混合が終わった頃かしら』

『──うん。終わった』と神谷さんは頷いた。

しかし毒島さんは少し眉を動かして、『いちばん最近は何を受けたの？　生後半年だと水疱瘡かおたふくかぜかしら』と質問を重ねた。

『──うん、そうだったかな』

『あっ、ごめんなさい』毒島さんは手元にあった冊子を持ち上げた。

『水疱瘡とおたふくかぜは一歳になった後ね。生後半年だとヒブや四種混合の三回目、それともＢＣＧかしら。どれを受けたか覚えている？』

神谷さんは言葉につまって、『あの、えーと』と呟いて、目を泳がせて、それから怒られたように目を伏せた。

『……ごめんなさい。予防接種は受けてない。受けて別の病気になった赤ん坊がたくさんいるって聞いて、だから恐くて受けないことにした』

神谷さんの言葉に、毒島さんは、やっぱりというように頷いた。

「予防接種を受けさせない親ってけっこういるんですよ。安全性が担保されていないとか、効果が実証されてないとか、副反応が恐いとか、添加物に危険な成分が混入されているとかの理由をつけて。もっとひどいと面倒だからとか、別に病気になっても構わないという理由もあるそうです。そこまでいくとほとんど虐待や育児放棄と同じだと思います」

刑部さんは憮《ぶ》然《ぜん》とした顔で言う。

危険性を煽《あお》るだけの、不正確な情報がネットに氾濫していることも影響しているらしい。

「神谷さんもそういうサイトを見て、恐くなって接種するのをやめたということでした」

その告白を聞いた毒島さんは、さきほどのゲームの例をあげて、予防接種の重要性を説明したそうだ。主人公のレベルが低いときに強い敵に遭うと、すぐにやられてしまうときがある。予防接種とは、それを防ぐためのアイテムだ。それを身につけていれば、強い敵と出遭っても、すぐに逃げるスキルが発動できる。ゲームを進めるうえで絶対に必要なアイテムなのだ。

薬局に置いてある予防接種の安全性と必要性を説いた小冊子を渡して、『恐いからという理由で受けないのでは麗美ちゃんのためにならないわ。焦る必要はないから、もう一度考えてみて』と毒島さんは怒ることなく丁寧に諭した。

神谷さんは、わかった、とは言わなかった。ただこれまでに見せたことがない真剣な顔で、じっと唇を噛んでいた。

『それからもうひとつ話したいことがあるの』

神谷さんの反応を窺いながら、毒島さんは静かに言葉を続けた。

『麗美ちゃんの具合が悪くなって、心配で病院に行きたくなる気持ちはよくわかるわ。でも今は新型コロナウイルスが流行っているでしょう。だから頻繁に病院に行くことはあまり奨められない。それは調剤薬局やドラッグストアも同じよ。人が集まるところに行けば、新型コロナウイルスに感染する危険性が高くなる。だから今は麗美ちゃんをあまり外に出さないであげて。薬のことでわからないことがあれば、私が電話でいくらでも相談に乗るから――』

毒島さんは名刺を出して、神谷さんに渡した。

『……そうだよね』と神谷さんは頷いた。

『新型コロナウイルスのことは気になっていたけど……やっぱり家にいた方がいいよね』

『もしもあなたがかかるようなことになれば、麗美ちゃんと離れ離れになって、今まで以上に大変なことになるわ。大変だとは思うけど、今はできるだけ我慢した方がいいと思う』

『わかった。あと、予防接種のことだけど……』と神谷さんは口ごもる。

『いまから受けたいって言ったら怒られるかなあ』

『怒られることはないと思う。でも心配なら私が代わりに電話をしてもいいわよ。ここで今電話をする？』

『……うん』

ずずっと鼻をすすって神谷さんは頷いた。

生後半年で何も受けてない赤ちゃんがいますと言ったら、保健所の担当者も驚いて、とりあえず話をさせてください、と言われたそうだ。

居丈高《いたけだか》な人だったら神谷さんが委縮してしまうと心配したが、幸いにも電話に出たのは穏やかそうな人だった。電話を代わった神谷さんも、素直にこれまでのことを話したそうで、翌日にあらためて面談をして、予防接種のスケジュールを調整することに決まったとのことだった。

8

「それで一件落着ですか」

爽太はそう言ってから、いや、そうじゃないか、と考え直した。

神谷さんは予防接種を受けることに前向きになっただけで、毒島さん会いたさに子供にわざと病気や怪我をさせているのではないか、という疑惑はまだ解決していないのだ。

しかし話を聞いて意外なこともわかった。毒島さんの接客スキルだ。根が真面目で、薬の扱いについては厳しい人だと思っていたが、相手によってそこまで柔軟な対応ができるのか。

それを口にすると、「そうなんですよ」と刑部さんも頷いた。

「私もびっくりしました。一緒に仕事をしてもうすぐ一年ですが、あそこまで親身になって対応する姿は初めて見ました。前に毒島さんを薬オタクと言いましたが、それだけではなくて、知識を相手に伝えようとするスキルを身につけていると知りました。真面目で、融通が利かず、優等生ぶった姿が嫌味に思えて、これまではちょっと距離を置いて付き合ってきたんですが、今回のことで考えをあらためました。私だったらあそこまで親身になって相談に乗れません。純粋に毒島さんをすごいと思いました」

さりげなくひどいことを言ったような気がしたけれど、考えをあらためたというのだから、あえてそこには触れないことにした。

それよりもこの数か月の間にそんなことがあったというのが驚きだった。

「全然知らなかったです。前に会ったときもそんなことは何も言わなかったから」

「それはそうですよ。患者さんのプライベートに関わることを迂闊《うかつ》に部外者には言えません」

「でも、刑部さんは話してくれたじゃないですか」

「これについては特別です。私の驚きと感動を伝えるのに、水尾さんをおいて他に話をするべき人はいないと思ったので」

たしかに毒島さんの話を聞きたがることについて、自分の右に出るものはいないだろう。

「それでは、ここでまたクイズです。話はこれで終わりだと思いますか」と刑部さんが言った。

「……いや、思わないです」爽太はすぐに返事をした。

「どうしてですか」

「神谷さんが、毒島さん会いたさに子供にわざと病気や怪我をさせているのではないかという疑惑は解決していないです」

「でも毒島さんの質問を、神谷さんははっきり否定してますよ」

毒島さんの質問とは、『世の中には赤ちゃんの世話が面倒で手を抜いたり、同情してほしくてわざと怪我をさせるお母さんもいるけど、もちろんあなたはそんなことはしないわよね』という言葉だろう。

「虐待をしているかと質問されて、してますと正直に答える親の方が少ないですよ。本人の言葉だけで信用するのは危険だと思いますが」

「なるほど。そういう視点ですか。でも大丈夫です。後日、きちんと解決してます」

「後日というと、やっぱりその続きで解決するわけですね」

「神谷さんが来たのは三日前と言いましたよね。その三日後、というのは今日ですが、何が起こったと思いますか」

答えはひとつしかないだろう。

「神谷さんがまた来たんですね」

自信をもって答えたが、刑部さんは両手で大きな×を作った。

「ブー、外れです。毒島さんの忠告に従って、神谷さんと麗美ちゃんは家にいます」

しまった。そうだった。

「誰かが来たのは合っていますが、それは神谷さんではありません」

なるほど。そういうことか。今度こそわかった。

「それなら神谷さんの旦那さんですね。神谷さんから事情を聞いて、お礼を言うために薬局に来たんです」

しかし無情にも神谷さんはまた両手で×を作る。

「それも外れです。お礼に来たのは合っていますが、それは旦那さんではありません」

神谷さんでもない、旦那さんでもない。では誰だろう。話の中に他の登場人物はいなかったはずだけど。

「降参ですか」

悔しいがまったくわからない。

「はい。教えてください」

「薬局に来たのは神谷さんのお母さんです」

うん？　頭の中がこんがらがった。

「待ってください。神谷さんのお母さんは亡くなったという話では」

「嘘でした。お母さんによると神谷さんには虚言癖があるそうです。他人から嫌われたり、怒られたりするのを嫌がって、その場を取り繕おうと嘘をつく癖があるという話です」

お母さんが語ったところによると、神谷さんは幼い頃から癇《かん》が強くて、こだわりが強い子だった。一人っ子だったので、子供とはそんなものかと思っていたが、小学校にあがった頃から他の子との差が顕著になった。授業中ずっと座っていられない、嫌だと思ったことは絶対にしない、興奮すると自分を抑えられずに大声を出したり、暴れることがある、集中力がなく勉強に意欲が見られない等々。

個人面談でそれを指摘されて、発達障害の可能性があるので専門医を受診してはどうか、と言われたこともあるそうだ。

お母さんは悩んだが、そのときは受診しなかった。本人が病院に行くのを嫌がったし、ひとり親でなかなか仕事を休めないという事情もあった。

成長すれば落ち着いてくれるのではと期待したが、しかし十代半ばを過ぎてもその性格は変わらない。中学高校と進むにつれて、神谷さんはさらに協調性を欠いてクラスで孤立するようになった。授業に出ない日も多くなり、そのせいで成績もどんどん悪くなる。高校はなんとか卒業したものの、その後は定職に就くこともなく、アルバイトを転々としながら、そこで知り合った男性と一緒に生活するようになった。

そして妊娠したとわかったのが去年の春頃。神谷さんがそれを言うと、相手の男はその後家に帰らなくなった――。

「じゃあ、仕事に追われて、夜遅くにならないと帰ってこない夫がいるというのも嘘ですか」

そのようですね、と刑部さんは頷いた。

「どうしてそういう嘘をつくのかはお母さんにもよくわからないそうです。子供の頃からそういう傾向があって、なんというか、反射的にまるで意味のない嘘をつくのだとか」

「じゃあ、神谷さんはシングルマザーだったわけですか」

「そのようですね。パートナーなしで産むか産まないか、悩んだそうですが、結局、神谷さんの強い希望で産むことにしたそうです。それで生まれたのが麗美ちゃん。今は生家に戻って、そこでお母さんと三人で暮らしているとのことでした」

お母さんは、最近、麗美ちゃんがやけに病気や怪我をしていることに気がついていた。

不審に思って、訊いたがはっきりした答えは返ってこない。お母さんは仕事をしているので、昼間二人がどうしているかはわからない。不安に思って神谷さんの持ち物をこっそり調べると、病院やクリニックの診察券が財布に十枚以上入っていた。慌てて問い詰めたが、神谷さんは何も言わずに黙り込む。こういうとき、尋ねれば尋ねるほど頑なになるということはわかっている。それでしばらく様子を見ようと、わざと知らないふりをしていた。

それが三日前になって、『ママ、薬剤師の人に聞いたんだけど、予防接種をしても麗美は私みたいにならないんだって！』と自分から言ってきたというのだ。

そのときはじめて神谷さんは本心を母親に伝えたそうだった。

彼女は自分が他人と違うことをずっと気にしていたのだ。ネットや本で原因を調べて、自分が発達障害なのではないかと疑うようになった。しかし病院に行くのは恐かった。そのまま誰にも相談できず、独りでずっと悩んでいたというのだ。

子供ができたと知ったとき、すぐに頭に浮かんだのがそのことだった。子供が自分と同じだったら、きっと自分と同じようにつらい目に遭うだろう。どうなるのだろうか、とネットで調べてみたがよくわからない。なると書かれたサイトもあれば、ならないと書かれたサイトもあった。

それでも産みたいという気持ちは変わらない。臨月が間近になった頃、神谷さんはあるサイトを見つけた。そこは反予防接種《アンチ・ワクチン》のグループが立ちあげたサイトで、子供がかかる病気のほとんどは予防接種が原因だと書かれていた。

予防接種のワクチンには添加物が含まれている。それには危険な成分もあって、それが子供の病気の原因になっていると主張していた。そこで言われる病気には、発達障害なども含まれていた。

神谷さんはそのサイトの文章を繰り返し読んだ。専門的な用語ではなく、やさしい文章で書かれていたため、最後まで読み進めることができたのだ。

神谷さんはそこに希望を見つけたような気になった。予防接種が原因なら、それを受けなければいいわけだ。そうすれば子供は自分のようにならなくてすむ。神谷さんはその考えにすがった。それで子供が生まれても、予防接種を受けることを拒んだのだ。

「でも保健所の人から説明を聞いて、それはエビデンスのある正確な情報ではないということを知ったんです。予防接種を拒否することで、子供は別の大きなリスクを抱えることになる」

家に帰った神谷さんは、自分の考え違いを理解して、それまでにあったことをすべてお母さんに伝えた。お母さんは驚いた。麗美ちゃんが予防接種を受けていないということも初めて知った。受けている、と神谷さんは嘘をついていた。

そして神谷さんが、自分が他人と違うことをずっと気にしていて、麗美ちゃんも自分と同じだったらどうしよう、と不安に思っていたことも初めて知った。

『知りませんでした。あの子が今まで一人で気に病んで、麗美のことまでも心配をしていたなんて。自分がどれだけ亜紀に辛い思いをさせていたか、私はあらためてそれを知りました。私がきちんと亜紀と話し合い、専門の病院に相談に行くなりしていれば、そこまで辛い思いをさせないですんだかもしれない。そう思うと後悔で胸が押しつぶされそうでした』

お母さんは神谷さんと話し合い、麗美ちゃんに今後予防接種を受けさせることと、成人の発達障害の診療をしてくれる病院に神谷さんを連れて行くことを約束した。ずっと心にわだかまっていたこと、口にできなかったことをようやくお互いに話せたのだ。それをしたことで母娘ともども心が軽くなったとも言い合った。

それでお世話になった薬剤師さんに、ぜひお礼がしたくて、どうめき薬局に電話をかけてきたのだ。直接毒島さんにお礼が言いたいので、シフトを確認して、自分の仕事のスケジュールと照らし合わせて、三日後にしたということだった。

「そういうことですか」

刑部さんに返事をしながらも、爽太は複雑な気持ちになった。

「そういう結果になってよかったとは思いますが、神谷さんの話に嘘が含まれていたと知って、毒島さんもさぞや複雑な気持ちになったでしょうね」

毒島さんの気持ちを思って、そんなことを言ったのだが、それを聞いた刑部さんは、

「そう！　そうですよね。水尾さんもそう思いますよね！」と大声を出した。

「えっ、何ですか」

爽太は驚いて、刑部さんの顔をあらためて見た。刑部さんは身を乗り出すように、

「私もそう思って毒島さんに同情したんですよ。でも違ったんです」

「違ったとはどういうことですか」

「実は、ここがこの話の一番のポイント、メインディッシュです。毒島さんの接客スキルがどうというのは、その前菜みたいな話でした」

接客スキルの話が前菜？　いったい何の話だろう。

ぽかんとする爽太をはっしと見据えて、

「お母さんが帰った後、『お母さんが亡くなったのも結婚していないのも嘘だったなんてびっくりしましたね』と毒島さんに言ったんです。そうしたら毒島さんは平然と

して、それは予想していました——って涼しい顔で言うんですよ」

「予想していたって、お母さんに言われる前から、神谷さんの話が嘘だとわかっていたということですか」

「そうなんです」

刑部さんは強く頷いて、毒島さんから聞いた話を教えてくれた。

『予想していたって、どこで嘘だと見抜いていたんですか』

刑部さんは驚いて毒島さんに訊いた。

『プライベートな話を聞くようになった頃から、話に整合性がつかない部分がいくつもあって、これはあちこちに嘘が混じった話だなと感じていました。もちろんどこまで本当で、どこからが嘘かはわからなかったです。だからこちらから余計なことは言わないようにして、とにかく彼女の言葉や態度、表情を観察するようにしていたんです』

はっきりしたことがわかったのは、神谷さんが自分で作ったというミサンガを見せてくれたときだった。

『ミサンガはビーズやチェーンを編み込んだ手が込んだものでした。旦那さんは育児に協力的でないという話でしたが、ミサンガを作る時間はあるのが変だなと思いました。クローゼットの中に子供のときに使った道具を見つけたことでミサンガ作りを再開したというのも、よく考えると妙な話です。子供の頃に住んでいた家に、そのままずっと住んでいることになります。お母さんが亡くなって一人暮らしをしていたところに、旦那さんが移り住んできたという可能性はありますが、相手は会社勤めをしているようですし、そういうことは一般的ではないと思いました。だから彼女がミサンガを見せてくれたとき、手首をさりげなく観察したんです。中学高校の頃にリストカットを繰り返したと言ってましたが、それにしては両手首のどこにもそれらしき痕はありません。本当に何度もしていれば、うっすらとでも痕は残るものです。だからそれは嘘だろうと思いました』

毒島さんの話に刑部さんはショックを受けた。

『私はまったく気づきませんでした』

『それは仕方ないです。一対一で話を聞いているうちに、おかしいと思ったことですから。そもそもの話を言えば、最初の葛根湯のときに彼女は言ったんです。ママがいつも飲んでいる、と。それなのに、ママはすでに亡くなっている、と後になって言い出した。それで彼女は衝動的に嘘をつく性格ではないかと思うようになったんです』

『じゃあ、ずっと前からそう思っていたんですか。それなのに何も言わずに話を聞いていた？』

『余計なことは言わないように注意しました。虐待や育児放棄の可能性がある以上、一番避けなければいけないことは、ウチの薬局に来なくなってしまうことですから』

そういう理由があったので、彼女の話を聞くときに、話を遮らない、否定しないということを心掛けたそうだった。

そうやって気持ちよく話をしてもらい、慎重に神谷さんが隠していることを見極めようとしたわけだ。そのうちに神谷さんは嘘をつくとき、あるいは嘘に関連する話をするときに一呼吸、喋り出しが遅れる癖があるとわかった。

『旦那さんについて、あるいはお母さんについての質問をしたとき、その反応が明白にありました。どこからどこまでが嘘なのかはわかりませんが、それは重要な問題ではありません。私が知りたかったのは彼女のプライベートなことではなく、虐待や育児放棄をしているのか、適正に薬を使用しているのかの二点だからです。抗生剤について嘘をつかれると、麗美ちゃんのとびひの治療が長引きます。最悪の場合は耐性菌に変化するリスクもあるので、そこだけは早急に見極めたいと思いました』

その結果として、抗生剤をきちんと飲ませていないことがわかった。あるいは患部を目にするのが嫌で、不衛生なままで薬を塗りこんだことも。

そして麗美ちゃんの症状を自ら悪化させたり、わざと怪我をさせてはいないことも確認できた。

『世の中には赤ちゃんの世話が面倒で手を抜いたり、同情してほしくてわざと怪我をさせるお母さんもいるけど、もちろんあなたはそんなことはしないわよね』

毒島さんがそう質問をしたときに、『しないよ』と神谷さんは答えた。

その返事の速さと力強さに、それは嘘ではない、と毒島さんは確信したそうだ。

「実はあのとき、そばで聞いていて、私はびっくりしたんです。ここまで言葉を選んで慎重に質問してきたのに、どうしてそんな直接的なことを訊くんだろうって。それで神谷さんが怒り出したら元も子もないのに——そう思ったんですが、でもそれは杞《き》憂《ゆう》でした。毒島さんはすべてを考えて、そのうえでわざとそんな質問をぶつけていたんです」

毒島さんの思惑を知って、刑部さんは驚くしかなかったそうだ。

「接客スキルのことだけだったら、私もわざわざ水尾さんに伝えようとは思いませんでした。でもそこまで知って、あらためて他の人にも訊いてみたくなったんです。神谷さんの話を聞いて、そこに嘘があると見抜けるものかどうかを——」

「いや、僕も見抜けなかったです」

爽太が正直に言うと、「やっぱりそうですよね」と刑部さんはほっとしたように頷いた。

「安心しました。私だけがわからないわけじゃないですよね」

「毒島さんの洞察力と直観力が優《すぐ》れていることは知っていましたが、そういった能力は薬剤師という仕事をする中で鍛えられたのかと、僕は思っていましたが」

「薬剤師がみんな毒島さんみたいなわけではないですよ」刑部さんは肩をすくめた。

「薬剤師の仕事って、基本はとにかく知識なんですよ。知識がないと何をすることもできません。でもその知識を患者さんにきちんと伝えるためには、対人スキルに加えて、観察力やその他のコミュニケーション能力も必要になってくる。今回の件でそれがよくわかりました。そういう意味で、私は毒島さんと会えてよかったと思います。

毒島さんを参考にして、自分のスキルも伸ばしたいと思います」

ここまでが私のしたかった話です、と刑部さんは息をついた。

「どうですか。面白かったですか」

「はい。物凄《ものすご》く」と爽太は答えた。

「それならよかったです。では最後にまとめのクイズです」

「えっ、またですか」

「今度は薬の知識に関する問題です。私の話をきちんと聞いていれば、ちゃんと答えられる問題ですので気を楽にしてください。麗美ちゃんのとびひ治療の処方箋ですが、ファロンドライシロップ小児用配合とミタＢＭと塗り薬が出ていました。このように抗生剤は一緒に整腸剤が出されることが多いのですが、その理由を答えてください」

「それは抗生剤を飲むとお腹を壊しやすくなるからですよね」

「はい。だからその理由を答えてください」

「えーと、それは――」

爽太は天井を見上げて考えた。

答えにつまっていると、ちなみにですが、話の最初でその理由を説明しましたよ、と刑部さんは笑う。

爽太は頰に手を当てて考え込んだ。しかしいくら思い出しても出てこない。本当にそんな話があっただろうか。

「しょうがないですね。大サービスです。堀田さんが使おうとした空間除菌剤。それがヒント――というか、ほとんど答えですね」

堀田さんが麗美ちゃんの顔に噴霧しようとした薬のことか。

毒島さんはたしかこう言っていた。

……それは病原性の細菌のみならず、皮膚を守り、バリアとなっている常在菌にも影響を与えることになる。口腔や消化管には、免疫機能や生理機能に影響を与える常在菌が多数いる。そんな常駐菌が減少すれば、逆に病原性の細菌が繁殖する下地ができることになる。

「あっ、そういうことか」

爽太は手を打った。

「抗生剤は体内に侵入した細菌を殺しますが、そのときに体内の常在菌も殺してしまいます。特に腸内には多量の常在菌がいて、栄養の消化吸収の手伝いをしてくれている。そんな細菌も死んでしまうので、腸内のバランスが崩れて下痢をする」

「正解です。それを補うために整腸剤を処方するわけです。今後毒島さんと末永くお付き合いをしたいなら、覚えておいても損はしないと思います」

刑部さんは両手で大きな○を作った。

「この話を聞いたことは毒島さんにも言わないでくださいね。コンプライアンスの問題で、知られたらきっと私が怒られます」

「わかりました。誰にも言いません」

爽太は笑いながら、口にチャックをする真似をした。

「それでは長々と失礼しました。自主隔離が早く解除されるようお祈りしています」

刑部さんは両手を合わせて頭を下げた。

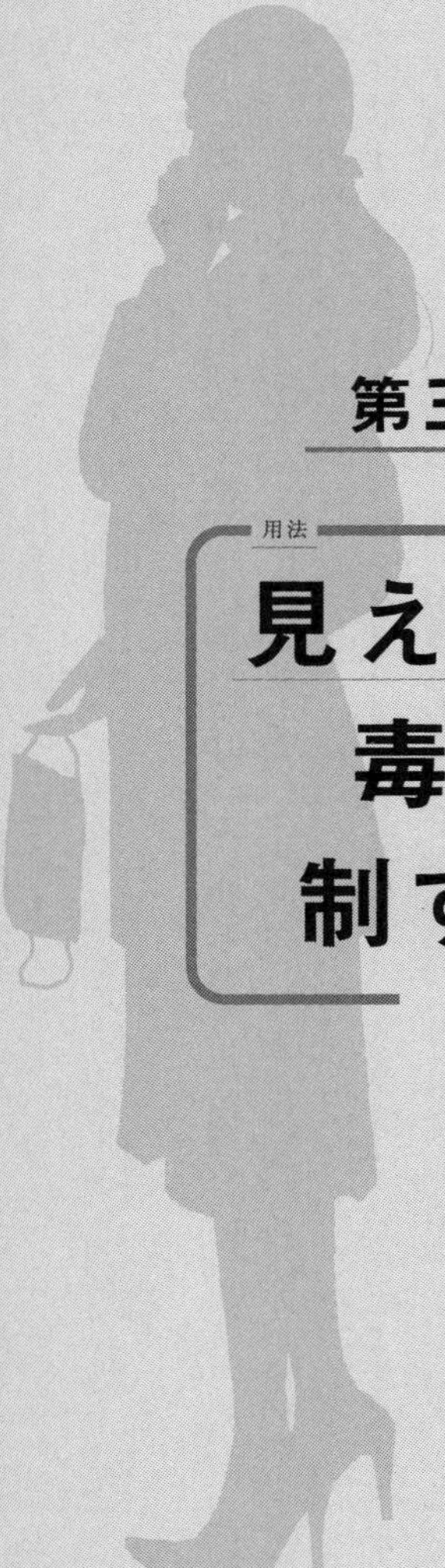

第三話

用法

見えない毒を制する

年　月　日

1

三月二十五日、木曜日。

隔離十日目の朝が来た。あと四日でここから出られる。

爽太は起き上がると大きく伸びをした。ハーブティーと漢方薬、ストレッチのお陰で肩や首のこりも楽になった。

カーテンを開けると、窓枠のでっぱりに止まっていた鳩が驚いたようにばさばさと飛び立った。もしかしてこれが通行人に糞をかけたという鳩だろうか。

もうすぐ四月だというのに、空は灰色の雲に覆われて、降り注ぐ日射《ひざ》しも弱々しく見えた。どこかで鴉が鳴いている。

馬場さんの容態は一進一退を続けていた。

一昨日は平熱に下がって食欲も戻ったようだが、昨日は三十九度近くまで熱が上がり、さらには咳もひどかった。深夜、咳をする音が爽太の部屋まで聞こえてきたほどだ。激しい咳の音は夜明け頃まで聞こえていたが、今は耳を澄ましても聞こえない。少しは楽になったのだろうか。

お湯をわかしてセントジョーンズワートのハーブティーをいれる。くせがなく、すっきりした味わいに気持ちが軽くなるような気分になる。

時計を見ると七時になるところだった。

爽太は部屋を出ると、ワゴンを押して、馬場さんの部屋に行った。ノックをしてドアを開ける。部屋はカーテンが開けられていて、明るかった。

馬場さんはベッドの上でテレビを見ていた。

「具合はどうですか。夜中にかなり咳をしていたようですが」

「ああ……あまり眠れなかった。横になると咳が出るからずっと起きている」

「朝食は雑炊ですが、食べられますか」

新しいリネンと一緒にサイドテーブルに置く。

「置いておいてくれ。前に言った知り合いからの連絡が来ていたよ。ＰＣＲ検査の結果は陰性だったそうだ」

通知を見逃していて、さっきそれに気づいたそうだ。

「よかったですね。それなら馬場さんも感染していないってことじゃないですか」

「ＰＣＲ検査の感度は一〇〇％ではないからな。陽性なのに陰性と判定されることもあるらしい」

「知り合いの方は、いまどんな具合ですか」

「発熱は三日ほどで収まったそうだ。他に症状はないらしい」

「ただの風邪だったということですか。それなら馬場さんも同じですよ。風邪をうつされただけだったんです」

「そう思いたいところだが、ここまで長引くと気になるな。それに他にも思い当たる節がある」

「思い当たる節って何ですか」

「一口には言えないが、まあ、色々だ」と口を濁す。

麻雀、パチンコ、公営ギャンブル、あるいは酒場関係というところか。

「でも僕も体調に問題はないですよ。もしも馬場さんが感染していれば、僕にも感染している可能性は高いと思いますが」

「それなんだが、色々と思い出してみて、俺はあのペットボトルに口をつけていなかったように思うんだ」と馬場さんは言いにくそうに言う。

「どういうことですか。キャップには一度開けた跡がありましたけど」

「仕事に入るときに買ったミネラルウォーターを飲み切って、途中で新しい物を買ったことは覚えている。だが仕事の途中で飲もうとしたが、気分が悪くなっていったん飲むのをやめたんだ。キャップは開けたと思うが口はつけてない。その後でどうしたかをはっきりと覚えていないが、そのまま飲んでいないような気がしている」

馬場さんの記憶が正しければ、爽太が感染している可能性は限りなく低くなる。

仕事中はマスクをしていたし、カウンターやパソコン、備品は常にアルコール消毒をしていた。仕事中も適正な距離を保っていたわけで、それなら自主隔離もする必要がなかったということになる。

「いや、すまん。俺も体調が悪くて、そこまで気がまわらなかった。俺のせいで余計な自主隔離をさせてしまったな。なんだったら総支配人に電話をして、その事実を話してもいいが……」

力が抜けた。この十日間の自主隔離は何だったのか。でも、いまさら、それを言ったところで仕方がない。

「いや、いいです。馬場さんと一緒に仕事をしていたのは事実ですし、食事やリネンを配達回収する役目を、ここで誰かに代わるのも気がひけます。とりあえず残りの四日はここにいます」

ほっとしたような、がっかりしたような気持ちで爽太は言った。

感染している可能性がほとんどなくなったと思うと、緊張感が一気になくなった。これでは残りの四日がここまでの十日間より長く感じられそうだ。自分の早とちりが引き起こした事態なので、誰かを責めるわけにもいかないが……。

爽太は部屋に戻るとため息をついた。

しかし午後になると思いもしなかった知らせがもたらされた。

ホテルの従業員の中で他にも発熱者が出たというのだ。

それもフロントだけでなく、レストランや客室係からも。

「本橋支配人は三十八度五分の熱が出たそうです」

知らせてくれたのはくるみだった。それ以外にもレストランや客室係にも体調不良を訴えているスタッフが数人いるという。

「総支配人の指示で体調の悪い人はみんな自宅待機になりました。笠井さんは連休中ですが、確認の電話をしたら発熱していたことがわかりました」

笠井さんもあれからずっと熱が引いていないわけか。

『やっぱりＰＣＲ検査は簡単には受けられないそうです。医療関係者の枠なんてないそうですから』

刑部さんと話をした後、通信アプリで伝えると、『仕方ないな。じゃあ自分が感染していると想定して、子供にうつさないように注意を払うか』と返信があった。

それきり何も言ってこなかったので、大事ではないかと思ったが、どうやらそういうわけでもないようだ。

「総支配人は、馬場さんからみんなに広まった可能性があると思っているみたいです」

「それなんだけど、馬場さんの知り合いはＰＣＲ検査で陰性だったらしいんだ。感染していても検査では陰性が出る場合もあるみたいだから、はっきり違うとは言えないけれど、馬場さんから広まったとは言い切れないようにも思うけど」

「馬場さんの体調はどうですか」

「熱は上がったり、下がったりだね。昨日の夜は咳がひどかった。いまは起きて、食事も取っている」

　COVID－19の厄介なところは、人によって出る症状が違うところだ。発熱、頭痛、咳、鼻水、喉の痛み、息苦しさ、関節痛、倦怠《けんたい》感、嗅覚異常、味覚異常。重症化して酸素吸入が必要になることもあれば、感染してもほとんど症状が出ないこともある。

「それから、さっき馬場さんと話をしていて、勘違いをしていたことがわかったんだけど――」

　ペットボトルを飲み間違えた話をくるみに打ち明けた。

「本当ですか」とくるみは驚いた声を出す。

「じゃあ、水尾さんは自主隔離をする必要はなかったわけですか」

「もしかしたらまったく無駄な時間を過ごしたのかもしれない」

「それはアンラッキーでしたね。でもこうなってみると、誰とも接触してない水尾さんが逆に一番安全かもしれません」

　くるみの言葉に思わず苦笑した。

「それはパニック映画とかでお決まりのシチュエーションだね」

「水尾さんはまったく異常なしですか」

「ないよ。熱もないし、食事の味もよくわかる。レストランの作る賄《まかな》いは美味《おい》しいよ。三食続くとさすがに飽きてくるけれど」

「贅沢《ぜいたく》な悩みですね。レストランの支配人に言っておきます」

くるみに言われて、爽太は慌てた。

「今の発言は取り消す。すごく美味しかったと伝えておいてよ」


翌日になると、体調不良の人間がさらに増えた。

発熱のほかにも頭痛や微熱、吐き気を訴えているという。クラスターが発生したならホテルを閉鎖する必要がある。しかしPCR検査を受けられない状態では、いきなりそこまで踏み切るわけにもいかない。保健所に相談してもはっきりした回答がなくて、総支配人も悩んでいるとのことだった。

不幸中の幸いといえるのは、宿泊客の中に異常を訴える人が出ていないことだ。宿泊カードを見て、フロントスタッフが宿泊者の携帯番号に電話をしたそうだ。しかし体調不良を訴える人はいなかった。現時点ではスタッフ間の限定的な発生に収まっている。

くるみからその話を聞いて爽太は考えた。

馬場さんが発熱したのは十一日前。

直後にこの十階に自主隔離して、それ以降は自分以外の人間とは接触していない。

馬場さんが原因だとしたら、あの日、消毒作業を手伝ってくれた本橋さんに感染して、そこから他のスタッフに広がったと考えるのが妥当だろう。

しかし本橋さんは馬場さんと直接接触していない。

長時間一緒に仕事をしていた自分や、部屋まで様子を見に行った総支配人には異常がないのに、本橋さんが発症するのは妙だった。総支配人が無症状感染をしているという可能性もあるが、もしもそうであればもっと大勢に感染が拡大するだろう。

いや、そもそも本橋さんより先に笠井さんが発熱している。

笠井さんはどこで感染したのだろうか。

インフルエンザのときは、保育園に行っている子供から感染したと言っていた。それは子供が先に発症して、その後に笠井さんが発症したから言えることだろう。

しかし今回は子供にうつしたくないのでPCR検査をしたいと言ってきた。それは家族の体調に変化はないということだ。家族でなければ、職場であるホテルでの感染を疑うのは当然のことだろう。

笠井さんがホテルでもっとも親しくしているのは馬場さんだ。酒と煙草をはじめとして二人の趣味嗜好は似通っている。ということは馬場さんが発熱する前に、二人はどこかで行動をともにしているのかもしれない。それが仕事なのか、プライベートなのかはわからないけれど。

——調べてみるか。

幸いにして時間だけはたっぷりある。爽太は内線電話の受話器を取り上げた。くるみに代わってもらい、体調不良を訴えたスタッフのリストと各部署のシフト表をPDFで送ってほしいと頼んだ。

2

現時点での体調不良者は馬場さんを除いて八人いる。

フロント　本橋・笠井・落合
レストラン　中山《なかやま》・東町《ひがしまち》・早田《はやた》
客室係　飯田《いいだ》・中町《なかまち》

馬場さんは十一日前、笠井さんは四日前に発熱した。

くるみに確認してもらったところでは、本橋支配人は一昨日の夜、日勤を終えて帰宅後に頭痛と関節痛を感じ、熱を測ったところ三十七度六分あったという。そのまま就寝したが翌朝になっても熱は下がらず、それでホテルに連絡をしたそうだ。

落合さんもそれまで体調に問題はなかったのに、今日の朝になって突然三十八度を超える熱が出て、連絡をしたうえで休みを取った。

レストランの三人については、一日ごとに体調不良を訴えてきたという。

「事情がわかる人がいなくてそれ以上のことはわかりませんでした」

くるみはビデオ通話アプリを使って報告してくれた。

客室係の二人については事情が違った。客室の稼働が極端に落ちているため、パート従業員の出勤日数は減っているのだ。

飯田さんが発熱したのは二日前。昨日は仕事が休みだったため、熱が下がりませんので明日はお休みします、と夜になって連絡してきたそうだ。

中町さんに至っては、最初に体調不良を訴えたのは六日ほど前だという。だるさを感じて熱を測ると三十七度三分あった。しかし仕事がずっと休みだったため、昨日になって報告してきたということだ。

「客室係の責任者の南《みなみ》さんは感じのいい人ですね。水尾さんに訊かれて調べていると言ったら丁寧に事情を教えてくれました」とくるみは言った。

わざわざ話を訊きに行ってくれたようだ。

「ということは、中町さんは笠井さんよりも前に発熱しているわけか」

発熱の順番は馬場さん、中町さん、笠井さんと続き、その後に飯田さん、本橋支配人、落合さんとなるわけだ。レストランの三人はくわしいことがわからないので、現時点では保留としておこう。

「中町さんってどんな人か知っている？」

「去年の暮れに入った人です。四十歳くらいかな。明るい茶髪で、元ヤン風ですが、話してみるとすごくいい人です」

「家族構成は知っているかな」

家族から感染した可能性もあるかと思って訊いてみる。

「小学生のお子さんと旦那さんの三人暮らしだと言ってました」

学校は休校中なので、子供からうつされたという可能性は低いだろう。

「でも今回のことでちょっと思い出したことはあります」

以前、中町さんと馬場さんがバックヤードで立ち話をしているのを見たことがあるという。

「フロントのゴミ捨てに行ったときに見かけたんですが、三万円負けたとか、あそこはあんまり出ないとか、二人でそんな話をしてました」

出ないというとパチンコか。共通の趣味があるなら、そこで感染する可能性はありそうだ。あるいは自主隔離前に馬場さんから飛沫感染したとかも。

「飯田さんについてはどう言ってた？」

「年は中町さんよりも上ですね。おっとりしていて、仕事ではミスが多いような話も聞きましたが、南さんはいい人だと言ってました」

「ギャンブルをするような人？」

「雰囲気的にはないですね。見かけで判断はできませんが」

「中町さんと仲がいいということは？」

「南さんに確認をしましたが、二人の間にこれといった共通点はないみたいです。年代も性格もまったく違うし、そもそも最近は同じ日にシフトに入ることがないそうです」

二人の間で直接感染する可能性は低いということか。二人が感染したとしたら、やはり感染を仲介する事柄があるわけだ。今のところでは馬場さんがその可能性のひとつといえるだろう。

「ありがとう。また何かわかったら教えてよ」

くるみに礼を言って、通信アプリを終了させる。

それから送ってもらったＰＤＦファイルの各部署のシフト表を開いた。

それぞれを照らし合わせて、各部署の体調不良の出勤が重なっていないかを確認する。馬場さんが発熱した日から二週間さかのぼって調べると、八人全員が重なった日はなかったが、七人が重なった日はあった。

馬場さんが発熱する六日前の三月九日、フロントの本橋支配人、笠井さん、落合さん、レストランの中山さん、東町さん、早田さん、客室係の飯田さんが出勤していた。

馬場さんも数に入れれば九人中八人が重なっている。

この日に何かがあった可能性が高そうだ。

すぐに思いついたのは飲み会だ。

馬場さんと笠井さんは無類の酒好き、そして本橋支配人も好きな方だ。

ただし落合さんはアルコールを一切口にしない。前に毒島さんから聞いたアセトアルデヒド脱水素酵素の分解能力が低いタイプらしく、一口でも飲むと頭が痛くなると言っていた。歓送迎会や忘年会などには出席するが、このメンバーでの飲み会に出席するとは思えない。

他に何かあるだろうか。

レストランのスタッフとは普段あまり交流はないし、ましてや客室係の飯田さんがどう関わるのかはまるで想像がつかない。

プライベートなことではないだろう。やはりホテルの仕事に関わることだと思う。

——いや、待てよ。

ホテルは二十四時間営業しているので、それぞれの部署で出勤時間はまるで違う。日にちだけでなく、出退勤の時間をもっと細かく見なくてはダメだ。

あらためてシフト表を時間単位で区切ってみる。フロントでは、笠井さんと本橋支配人が夜勤明けで、馬場さんが夜勤、落合さんは日勤だった。

レストランは中山さんが早番で六時から十五時勤務、東町さん、早田さんが遅番で十四時から二十三時勤務とわかった。

客室係の飯田さんは九時半から十五時半までが勤務時間となっている。

爽太は考え込んだ。所定の勤務時間内で、その八人が重なる時間帯はないわけだが……。

いや、笠井さんと本橋支配人は正午で退社だが、仮に残業をしたなら、その後で顔を合わせることがあったかもしれない。

馬場さんに訊いてみようか。爽太は内線電話を取って、一〇〇一とプッシュボタンを押した。

「水尾ですが、具合はどうですか」

「今はちょっと落ち着いている。咳は出るが、熱は七度台に下がったよ」

「それはよかったです。ちょっと訊きたいことがあるんですが――」

爽太は複数の従業員が発熱したことを口にした。

「新型コロナウイルスかどうかはわかりませんが、念のためにつながりを調べています。馬場さんが熱を出す六日前、ほとんどの人が出勤した日があったとわかりました。その日の午後、このメンバーで顔を合わせるようなことがありましたか」

爽太は日付と曜日を伝えた。

「……どうだったかな。ここにいるのが長いので、前のことはすぐには思い出せないな。考えてみるので時間をくれないか」

「わかりました。何か思い出したら教えてください。急ぎませんので、よろしくお願いします」

電話を切ると、フロントに内線をかけてくるみに同じ質問をした。

しかしくるみもわからないそうだ。落合さんが休んだせいで人が少なく、そういうときに限って、キャンセルや問い合わせの電話が続けて入っているらしい。

仕事の邪魔は出来ないので、思い出したら教えてほしい、と伝えて電話を切った。

あらためてカレンダーを見て考える。

自分が出勤していればよかったのだが、生憎《あいにく》その日は公休だった。カレンダーとシフト表を照らし合わせて考えていると、その日が馬場さんたちと飲み会をした三日後だと気がついた。飲み会でそれらしい話は出なかっただろうか。

記憶を探って思い出す。

新型コロナウイルスのせいで、飲食店もホテルも客が減っているという話を最初にした。次に馬場さんがリゾートホテルに再就職を考えていたが、ダメになりそうだという話になって、ノンアルコールビールの話、鳩に糞をつけられた男がクレームに来た話、通用口での喫煙にクレームが来たため喫煙所を作るという話と続いた。レストランと客室係と合同で何かをするというような話はしていない。

それ以外に、何か手がかりとなるようなことはなかったか……。

ベッドで横になって考えていたはずが、気がつくと部屋は暗くなっていた。いつの間にか寝入っていたようで、インディゴブルーに染まった春の夜空が、カーテンを開け放した窓の向こうに広がっている。

内線が鳴っている。

ベッドから急いで起き上がると頭にズキッという痛みがあった。しかし気に留めずに受話器を取った。食事の用意ができたというフロントからの知らせだった。総支配人から話があるそうです、と続けて言われて電話を代わる。

「実は笠井から電話があって、自分も自主隔離させてほしいと言ってきた」

総支配人はくぐもった声で言う。

「小さい子供がいるので自宅で静養するのが難しいそうだ。なんとかならないかと言われて、断る理由もないのでOKした。もうすぐ二週間経つので、体調に変化がなければきみには戻ってもらおうと思っている」

「わかりました」と爽太は答えて電話を切った。

その一時間後に笠井さんが来た。

奥さんの運転する車で送ってもらったそうだ。自分の荷物と一〇〇六号室の鍵を持ってエレベーターで十階に上がってきた。熱は三十七度台だというので、距離を取って、パーテーションの使い方、ワゴンを置く位置、ゴミの捨て方などのこの階のルールを説明する。

「あと三日は、僕が食事やリネンをお二人の部屋まで運びます。それ以降どうするのかは総支配人の指示に従ってください」

「お前はそれでお役御免ということか。わかった。熱が上がらなきゃ、俺がその役目を引き受ける」

マスク越しの会話は聞き取りづらいが仕方ない。部屋に行くと、ふうっと息をついて笠井さんはベッドに座り込む。

「ところでホテル内で、発熱者が相次いで出ているという話は聞いていますか」

爽太は部屋には入らずに、ドアを開けたままで笠井さんに訊いた。

「ああ、総支配人から聞いた。まずいことになっているみたいだな」

「いまホテル内のスタッフで、馬場さんと笠井さんを入れて九人が発熱して休んでいます。フロント、レストラン、客室係と部署はバラバラなんですが、九人のうち八人が同時に出勤している日があるとわかりました。それが馬場さんたちと飲み会をした三日後なんですが、その日に何か特別なこと——八人が顔を合わせることがあったかどうかわかりませんか」

「それは俺もいた日か」

　笠井さんは何かを思い出すように上を向く。

「はい。僕は休みでしたが、笠井さんと馬場さんはいました」

　爽太は日付と曜日を教えた。

「どうだったかな。覚えてないな」と笠井さんは言いかけて、「……いや、待てよ」と呟いた。

「あの日かな。喫煙所の工事が終わって、掃除や準備をしたことがあった」

「喫煙所ですか」

　たしかにそんな話を飲み会でしていた。

「仕切りの壁を作る工事が終わったので、換気扇の掃除をしたんだ。あそこにはフードのついた大きな換気扇があるだろう。ずっと昔は、あの下には煮炊きをするためにガスコンロがあって、賄い担当のおばちゃんが昼と夜の賄い飯を作ってくれていたらしいんだ。福利厚生の一環だったが、その後に景気が悪くなって、経費削減のためにそんなサービスはなくなった。ガスコンロは撤去されて、あの一角は物置同然になったんだ。今回、喫煙問題が俎上《そじょう》にあがったとき、すぐにあそこを喫煙所にしたらどうかという案を総支配人が出した。他の場所なら換気装置の工事も必要になるが、あそこならすでに大きな換気扇があるから、工事費を節約できるというんだな」

休憩所との間に仕切りを作る工事は専門の業者を手配するが、喫煙所内と換気扇の掃除は喫煙所を使う人間でやるように、と総支配人から指示が出たそうだ。

「それで俺が声をかけて人を集めたんだ」

最初はフロントだけでやろうとしたが、換気扇には何十年も前の油汚れがこびりついていて簡単には落ちなかった。それでレストランや客室係の喫煙者にも声をかけて、とにかく人手を集めたという話だった。

「集まったメンバーは誰ですか」

「俺と馬場さん、本橋さん、落合、レストランから三人、客室係から一人だな」

「レストランからの三人は中山さん、東町さん、早田さんで、客室係からは中町さんですか」

「名前はよく覚えていないがそうかもしれない」

そういえばくるみは、中町さんと馬場さんはバックヤードで話をしていたと言っていた。それは通用口の外に置かれた灰皿を使った後だったのかもしれない。

それならば発熱した九人には、喫煙の習慣があるという共通点があることになる。

「今回、喫煙のクレームがあったとき、いまホテル内に喫煙者は何人いるんだって総支配人に訊かれたんだ。もしも五人未満なら喫煙所は作らない。会社での喫煙は我慢するようにとも言われた。それでレストラン、客室係にも声をかけて、慌てて人数を確かめたってわけだ」

フロントの喫煙者は本橋支配人、馬場さん、笠井さん、落合さんの四人だった。そこにレストランの三人と客室係の二人を加えて九人になった。

「落合さんが煙草を吸うというのは知らなかったです」

「女性の喫煙に関しては男以上に風当たりが強いからな。だからホテルでは吸わないようにしていると言っていた。でも屋内に喫煙所を作ってくれるなら堂々と吸える。だから名乗り出たそうだ。酒を飲まない分、煙草くらいは吸ってもいいんじゃないかって本人は言っていた」

「いや、非難しているわけではないです」

それを知っていれば、もっと早くこの結論に辿り着いたと思っただけだ。

「それで換気扇の掃除にはどれくらいかけましたか」

「二時間から三時間くらいかな。みんな勤務時間がバラバラだし、仕切りを作った喫煙所の中は狭いから、手分けをして作業したんだ。換気扇のファンを取り外して洗う係と、ファンを外した後のレンジフードを掃除する係、それ以外の場所を片づける係。外で水洗いをしたのが落合と客室係の女の人で、俺と馬場さんと本橋さんで取り外した後の掃除と他の場所の片づけをした。レストランの三人は時間を区切って別々に来たので、そのときどきに必要な仕事にまわってもらった」

「たとえばの話ですが、馬場さんが新型コロナウイルスにすでに感染していて、そのときの作業で他の六人に感染した可能性はあると思いますか」

「どうだろうな」笠井さんは顔をしかめた。

「一か所に集まって仕事をしたわけではないからな。マスクはずっとしていたし、女性二人は油汚れが服につくのが嫌だと言って、ゴミ用のポリ袋に穴を開けて頭からすっぽりかぶっていたほどだ。密接、密集だった瞬間はたしかにあったが、あそこで全員に感染したとは思えない」

換気扇掃除が九日。馬場さんが発熱したのは十五日。その後中町さんは二十日、笠井さんは二十二日、それ以外の人は二十四日から二十六日の間に発熱している。

潜伏期間があるにしても発症日に差がありすぎる。

「換気扇の掃除が終わった後、みんなで一服したとかはないんですね」

「ないない」笠井さんは顔の前で手をふった。

「前にも言ったが、仕切り壁を作った関係で、消防署の検査を受ける必要があったんだ。使用許可が出るまでには一週間くらいかかったはずだ」

使用開始はたしか十七日だったかな、と笠井さんは言った。

「じゃあ、喫煙所を使いはじめてから感染が広がったということはどうですか」

「それもないな。『新型コロナウイルス感染防止のため、喫煙所への入室は一人ずつとする』とルールが決められた。吸い終わった吸い殻と灰の片づけも自分ですることになっているから、それが原因になるはずがない」

ルールを守らないで新型コロナウイルスの感染拡大につながったら、それこそ喫煙所が使用禁止となる。だからみんなきちんとルールを守って使っていた、と笠井さんは力を込めて説明した。

「そうですか。じゃあ、違うのかな」

手がかりをつかんだかと思ったが、すぐに解決とはいかないようだ。

「……なんだか、疲れたな。悪いがそろそろいいか」

笠井さんが手を額に当てる。

「すいません。気がつかなくて」

体調が悪くて休みに来た笠井さんを、つい質問攻めにしてしまった。

「何かあったら内線電話で連絡してください。僕は一〇〇七にいますから」

爽太は部屋に戻って考えた。

ヘビースモーカーが感染すると、重症化のリスクが高くなるという話は聞いたことがある。しかしヘビースモーカーほど感染しやすくなるという話は聞いたことがない。

喫煙による感染のリスクとして考えられるのは、煙を吐き出すときの飛沫感染、あるいは煙草の吸い口を通しての直接感染などだろう。

しかし喫煙所を一人ずつの使用と決めているなら飛沫感染することはないし、吸殻を自分で片付けるなら吸い殻が原因になることもない。

そもそも馬場さんはその前に自主隔離をしていて、喫煙所は使っていないのだ。

――わからないな。

手がかりを求めて、爽太はスマートフォンを取り上げた。

基本的なことからもう一度調べた。

新型コロナウイルスの正式名称はＳＡＲＳ－ＣｏＶ－２。

そしてこのウイルスによる感染症をＣＯＶＩＤ－19と呼ぶ。

コロナウイルス自体は、もともと広く哺乳類、鳥類などに存在していて、一般的な風邪を引き起こすウイルスだ。表面の油脂性の膜《エンベロープ》上に王冠《コロナ》のような突起を持っているためコロナウイルスと命名された。

コロナウイルス自体はありふれたウイルスで、一般的な風邪の原因とされている。

一本鎖のRNAウイルスであり、二本鎖のDNAウイルスに比べて突然変異を起こしやすい。SARS－CoV－2がどのような経緯で誕生して、ヒトに感染するようになったのかは現時点で不明。

感染すると、発熱、倦怠感、喉の痛み、咳、痰、嗅覚・味覚障害などの症状からはじまり、高熱、胸部不快感、呼吸困難などを経て、重篤な肺炎へと発展することもある。重症化すると命の危険もあり、高齢者や基礎疾患のある人は特にリスクが高いとされている。現時点では特効薬もワクチンも存在していない。

そのため感染予防に努めることが重要とされている。ウイルスのエンベロープは油脂性で、アルコールや界面活性剤で破壊されるため、消毒と手洗いを徹底すれば、かなりの確率で感染を防止できる――。

厚労省や病院、専門医のサイトを巡ったが、喫煙と関連する情報を得ることはできなかった。やはり喫煙者だと感染のリスクが高くなるということはないようだ。

ならば喫煙ではなく、やはりあの喫煙所に感染の理由があるのだろうか。

考えてみたら、話を聞くばかりで実際にそこを見ていないと気がついた。

――行ってみるか。

バックヤードに宿泊客が来ることはないし、深夜ならばフロントの夜勤以外に従業員もいなくなる。

自分はここまで症状は出ていない。仮に無症状感染していたとしても、マスクとポリ手袋をつけて、穴を開けたゴミ用のポリ袋を頭からかぶれば、ウイルスをまき散らすことはないだろう。

深夜二時。爽太は久しぶりに階下におりた。

エレベーターを出ると、ロビーを突っ切って、バックヤードに続く廊下に足を踏み入れる。人気のないロビーは照明が落とされて、ヘルプで来て夜勤に入っている若いフロントマンが爽太に気づいて、驚いた顔をしながら目礼をした。

内線であらかじめ説明はしておいたが、使い捨てマスクとポリ手袋をつけて、さらに穴の開いたゴミ用のポリ袋を頭からかぶっている爽太の姿はかなり異様に見えただろう。

真っ暗な廊下を歩き、まずは休憩室の扉を開ける。照明のスイッチを押すと蛍光灯が瞬いて、数秒後に白々とした明かりが中を照らした。

休憩室は縦横三×四メートルほどの広さの部屋だった。

六人掛けのテーブルと折り畳み椅子があり、壁際には収納棚が三つ並んでいた。正面に嵌《は》め殺しの窓と流し台があり、その横にはフードのついた換気扇とガスコンロ用の台が設置されている。今回の工事で、流し台とガスコンロ用の台に難燃素材の仕切り壁を作ったために、休憩できる場所は以前より狭くなっている。

喫煙所の扉には〈使用中／未使用〉と書かれたスライド式の小さなパネルがついていた。使用するときはパネルを使用中にして、出たときに未使用に戻すことで、一人ずつ使用することが可能となるようだ。

ポリ手袋をつけた手で、ゆっくり喫煙所のドアを押す。後付けのＬＥＤ照明が弱々しい光を投げかけている。一畳分ほどのスペースに備品はほとんど置いてない。

換気扇の下、ガスコンロがあったというステンレスの台にガラス製の大きな灰皿が置いてある。火事対策として紙、ビニール類の収納は禁止、吸殻の始末のためのゴミ袋などはすべて休憩室の流し台のまわりに置いてある。目に見えるところに置いてある備品は、灰皿の他は消火器だけだった。

爽太は手を伸ばして換気扇のスイッチを入れた。

最初にガガガと大きな音がして、黒い埃《ほこり》がパラパラと灰皿の上に落ちてきた。埃が目に入り、思わず指で目をこすった。

換気扇は家庭用のものよりは一回り大きいが、いかんせん型が古いようで、安定して動き出すまでに時間がかかる。やがてファンが安定してまわり出した。室内の空気が動く気配があった。きちんと掃除をしたせいか、煙草の臭いはほとんどしなかった。

換気扇をつけたまま、しばらく様子を観察したが、問題になりそうなことや気になることは何もない。笠井さんの言葉通り、みなルールを守って、きちんとここを使っているようだ。わざわざ来たが収穫はなさそうだ。

換気扇を止めて、埃を片付けてから喫煙所を出る。がっかりしたが、喫煙所が原因ではないとわかったことが逆に収穫だと考え直した。

部屋に戻って寝た後も、喫煙と感染の関連性をネットで検索することや、八人の出勤が重なる時間が他にないかを調べることに時間を費やした。しかしこれといった情報は見つからない。そうこうしているうちに最終日が来た。

体調に問題がなければ、これで自由の身となれるはずだった。

3

三月三十日。隔離十五日目。

二週間が過ぎた。

しかし目を覚ますと体が重くて、鼻の付け根と喉の奥が腫れぼったい。

張りつめていた気が緩んで、疲れが一気に出たせいかな。そんなことを考えながらルーティンワークとなっている検温をしたが、表示された数字を見たとたん、天井がぐらりと傾いた。表示された体温は三十八度を超えている。

どういうことだ。感染したのか。でも、どこで——？

この二週間、この一〇〇七号室にずっといた。

直接会って話をしたのは馬場さんと笠井さんの二人だけ。感染しないように行動には必要以上に注意を払ってきた。それなのにこんなことになるなんて。

呆然《ぼうぜん》としたあまり、体から力が抜けていくのがわかった。

気を取り直して、もう一度熱を測ったが結果は変わらない。

爽太はベッドに座って、そのまま体を横にした。傾いた天井がぐにゃりと歪んで、部屋ごと落下していく感覚に襲われた。それが熱のせいだと自覚がないまま、爽太は意識を失った。

電話の音で目を覚ます。時計を見ると十時に近かった。

起きようとするが、体が重くて動かない。内線ではない。手元に置いたスマートフォンが鳴っている。

「もしもし……」

手を伸ばして電話を取ると、くるみの声がした。

「なかなか出ないから心配したんですよ。寝坊ですか。珍しいですね。朝食の配膳は笠井さんがやってくれました」

八時になっても水尾が朝飯を持ってこない、と笠井さんから連絡があったそうだ。

フロントから爽太の部屋に内線をかけたが応答はない。それで食事とリネンの配膳は笠井さんに頼んだそうだ。

その後もまったく爽太が電話に出ないので、もしかして窓から転落したのでは、と心配もしたそうだ。

「長期間、狭い場所に閉じ込められていると、拘禁反応を起こして、高いところから飛び下りたりする例があるって、ちょうどテレビでやっていたんです」

考え過ぎかもと思ったが、念のためにくるみと総支配人で階下の確認にも行ったそうだ。

爽太のいる一〇〇七号室は、隣のビルの敷地に接しているために、下を確認するには境界の柵の鍵を開ける必要がある。そこで二階の二〇〇七号室に行って、窓を開けて下を見た。地面にはゴミ以外には何もない。そこは風の吹き溜まりになっているようで、紙ごみやペットボトル、弁当の空箱などが散らばり、ところどころに鳩の糞がこびりついていた。

「落ちた形跡がないので、とりあえずほっとしていたところです。最後の最後で気が緩んだんですか。もう部屋を出ていいと総支配人がおっしゃってます。水尾さんは何時頃、部屋を出る予定ですか」と明るい声で訊いてくる。

「いや、寝坊じゃないんだ……」

爽太はかすれた声で、発熱したことを告げた。

「本当ですか」くるみは息を飲む。

「三十八度七分ある。とりあえずこのまま様子を見るよ。体調に変化があったらまた連絡するから」

「わかりました。じゃあ、昼の配膳も笠井さんに頼みます」

喉が渇いた。電話を切って、備えつけの冷蔵庫の前に行き、経口補水液を取り出した。最初の日にもらって、そのまま冷蔵庫に入れておいたものだ。キャップを開けて半分ほどを一気に飲んだ。前に飲んだときは塩辛いと思ったが、なぜか今回は美味しく感じる。やはり熱があるせいなのか。

ベッドに戻ってまた横になる。頭の芯がズキズキ痛む。ここまでの二週間、ずっと気をつけてきたのに発熱したことがとてつもなく悔しかった。徒労感や無力感に交じって、これからどうなるのだろうという恐怖も感じた。

COVID-19にかかった若年層の重症化はまれで、無発症者も多いと言われていたが、ここにきて十代、二十代の発症者も増えているようだ。

二週間も自主隔離していたのに、このタイミングで発熱するなんて。

原因として思い当たるのは、笠井さんを部屋に案内したことか喫煙所に行ったことだった。笠井さんを案内したときはマスクとポリ手袋をして、ソーシャルディスタンスも保っていたし、喫煙所に行ったときもドアノブやスイッチ以外に触った覚えはない。それなのにどうして感染したんだろうと考えるがもちろん答えは出なかった。
放心して、ぼんやりしているとスマートフォンが鳴動した。
毒島さんからSNSにメッセージがあった。
《今日で自主隔離は解除ですね。馬場さんの具合はいかがですか》
時計を見ると十一時に近い。仕事は休みなのかな、と思いながら爽太は返信をした。
《馬場さんは相変わらずの状態です。僕の方が今日の朝になって発熱しました》
その後で、《夜にあらためて話をしたいのですが》とメッセージを続けた。するとすぐに返事が来た。
《今日は休みで部屋の片づけと掃除をしています。もし何かあれば話を聞きますが》
爽太は、ホテルスタッフに発熱した人間が複数出たことや、それらがすべて喫煙者であることをSNSで伝えた。
《ただし具体的な感染経路はわかりません。新型コロナウイルスは空気感染しないはずですよね。でも実際には複数の感染者が出て、自分も発熱しています》
どうしてこうなったのかまるでわからなくて混乱しています、と最後に付け加えて送信すると、しばらくして毒島さんから返信があった。
《わかりました。一時間後にビデオ通話アプリで話をしましょう》

一時間後か。爽太はアセトアミノフェンを飲み、シャワーを浴びた。さすがに寝巻きというわけにはいかないので、颯子に持ってきてもらった私服に着替えた。自主隔離を終えて、部屋を出るときに着るはずだった服だ。

じっとしていても胸が圧迫されるような感じがあって、断続的に咳が出る。約束の時間が近づくと、経口補水液を手元に置いて、パソコンをセットした。

ビデオ通話アプリを立ち上げて、ＩＤとパスワードを入力する。

ほどなく、眼鏡を外して髪をほどいた毒島さんの姿がディスプレイに現れた。

仕事が休みのせいか、いつもよりリラックスした表情だ。ビデオ通話とはいえ、こうして顔を見るのは久しぶりだった。こういう状況なので胸にこみ上げてくるものがある。挨拶をしながら。爽太はさりげなく目を指でこすった。

「体調はいかがですか。つらければ無理はしないようにしてください」

「大丈夫です。アセトアミノフェンを飲んで熱は三十七度台に下がりました。症状としては体のだるさ、咳と関節、喉の痛みがあって、咳をすると胸の奥が圧迫されたような感じがします」

「それは乾いた咳ですか」

「乾いた咳ってなんですか」

「コンコンとか、ケンケンとか表現される咳ですね。対して湿った咳は、痰《たん》のからんだゴホンゴホンという咳です。乾いた咳は上気道の炎症が原因で、湿った咳は気管支が炎症して分泌液が増えているものと一般的には言われています」

「痰はないです。乾いた咳です」

「咳止めは？」

「飲んでいません」

「わかりました。ホテルでクラスターが発生したかもしれないということですが、私も専門家ではないのでくわしいことはわかりません。ただし感染症に関しての勉強はしているので、一般の方よりは知識があると思います。力になれるかわかりませんが、とりあえず話を聞かせてください。馬場さんや水尾さんがどうしてホテルの客室に隔離されたのか、そしてその後に何があったか、時間を追って順番に話をしてもらえますか」

毒島さんは開いたノートを手元に置いて、右手にはペンを持っている。

ふと右手の手首に視線が止まった。ビーズやチェーンを編み込んだ色鮮やかなミサンガを巻いている。神谷さんにもらったものだろう。休みのときにつける、と彼女に言ったのは本当だったのだ。やはり毒島さんは信用できるとあらためて思った。

「二週間前の十五日、夜勤のときに馬場さんが発熱しました。そのとき一緒にいたのが僕でした。それで――」

できるだけ正確に話をしたかった。

爽太は頭を整理しながらホテルの客室に自主隔離した経緯を話し、その後に起こったことをひとつひとつ丁寧に説明した。

「――馬場さんの知り合いは、その後にPCR検査を受けて陰性と判定されたそうです。でも馬場さんの発熱と体調不良はいまだ治る気配が見えません」

「馬場さんはPCR検査も医師の診察も受けてないんですね」

「はい。保健所に相談したら、基準を満たしてないのでPCR検査は受けられないと言われたそうです。治療薬はないというので病院にも行っていません」

「その選択は間違っていません。現時点では医師も発熱者に対しては、解熱鎮痛薬を出す以外にできることはありませんから」と毒島さんは頷いた。

その後に笠井さんをはじめ複数のホテルスタッフが発熱したことを口にする。

「総支配人以下、ホテルのオペレーションをまわすのに必死で現状を分析している余裕はなさそうでした。それで僕が発熱したスタッフのシフトを過去にさかのぼって調べたんです。すると九日にその出勤が重なっていることに気がつきました。笠井さんに訊くと、喫煙所の掃除と片づけを行ったということでした。それで発熱したスタッフがすべて喫煙者だとわかったんです」

長く話をしていると頭の芯がズキズキ痛んだ。しかし爽太はこめかみに手を当てながら、省略しないで、できるだけくわしく説明をした。

「喫煙所に感染の原因があるのではないかと思い、夜中にこっそり行ってみました。三日前です。自主隔離中ですが十日ほど経過していたし、夜勤者以外にスタッフのいない時間なら問題ないと思ったんです」

「それが感染の原因だと水尾さんはお考えですか」

「よくわかりません。二週間、ずっとこの部屋にいて、馬場さんへの配膳以外に部屋の外には出ていません。唯一の例外が笠井さんの部屋と喫煙所です。でも両方ともマスクとポリ手袋をしていました。笠井さんとは距離を保っていたし、喫煙所に行ったときも同様です。感染する理由が思い当たりません」

「たしかに聞いている限りでは防備は万全のようですね」

毒島さんはノートに何かを書きながら頷いた。

「たとえばですが、COVID－19ではなく、別の感染症――インフルエンザなどにかかった可能性はどうでしょう」

「笠井さんは去年の暮れに、インフルエンザのA型とB型に続けてかかっています。だからその可能性はないと思いますが」

「抗体が作られていないと、二度三度とかかることもありますが……可能性としてはかなり低くなりますね」

「逆に毒島さんに訊きたいのですが、COVID－19以外の空気感染するウイルスが、どこからかホテルに紛れ込んだということはないでしょうか」

総支配人には否定されたが、可能性が絶対にないとは言えない気がした。

「空気感染するウイルスといえば麻疹、結核、水疱瘡などが思いつきますが……。感染力が強いので、そういった感染症の流行があれば、すぐに注意喚起されると思います。念のために調べてみましょうか」

毒島さんはスマートフォンを手に取り、操作した。

爽太は経口補水液を一口飲んだ。咳が出そうでタオルを口に当てる。

「――空気感染する感染症の流行はやはりないですね。ホテルのように不特定多数の人が行き交う場所だと、宿泊者が感染源になることもあると思いますが、その辺の事情はどうでしょう」

「個別に確認したそうですが、宿泊者で異常の出ている人はいなかったようです」

「ではスタッフ内でだけ感染が拡大しているということですね」

毒島さんはペンの頭を頬に押しつけ、眉根を寄せて考え込んでいる。

毒島さんの背後に目をやった。白い壁に風景画がかけられ、その横には本棚が見える。これが毒島さんの自室なのか。刑部さんはバーチャル背景を使っていたが、毒島さんはそのままのようだ。

「ここまでの情報を整理してみましょうか。推測は別にして、事実だけを時系列に並べてみます」

毒島さんはすらすらとノートにペンを走らせた。

そして書き終えるとディスプレイに向けて広げて見せた。

三月　六日　飲み会（水尾、馬場、笠井、原木）
　　　九日　喫煙所換気扇掃除（馬場、笠井、本橋、落合他）
　　十五日　馬場発熱（一〇一で隔離）、水尾（一〇七で隔離）
　　十七日　喫煙所使用開始
　　二十日　中町発熱
　二十二日　笠井発熱
二十四日～二十六日　本橋、落合、中山、東町、早田、飯田発熱
　二十七日　水尾喫煙所確認
　　三十日　水尾発熱

「これで間違いないですか」

爽太はノートパソコンの液晶画面に指を当てて確認しながら、はい、と頷いた。

「これを見ると、発熱した人はその時期で四つにグループ分けができますね。まず馬場さん、次に中町さんと笠井さん、三番目が本橋さんから飯田さんのグループで、最後が水尾さんです。三番目のグループの方は発症時期が固まっているので感染源はすべて同じと考えていいでしょう。この方たちの共通項は喫煙で、二十二日以降に喫煙所を使っている。ということはやはり原因は喫煙所にありそうですね。水尾さんも発症する前に喫煙所に行って、そこで喫煙していないのに発症した——

ということは喫煙という行為ではなくて、喫煙所そのものに感染の原因がある可能性がやはり高いようです」と毒島さんは冷静に分析する。

たしかに時系列に沿って事実を列挙すると、物事がかなり整理されてくる。

こうしてみると馬場さんの発熱タイミングはかなり早い。笠井さんも喫煙所が使用可能となった翌日に発熱しているわけで、中町さんを加えたこの三人は別の感染源から感染したようにも思える。

「すべてを一緒に考えると混乱するので、とりあえず三番目のグループと水尾さんの発症の原因となる喫煙所に絞って考えましょう」

水尾さんが喫煙所に行ったときのことをくわしく教えてください、と毒島さんは言った。

「特別なことは何もなかったです。余計な物は置いてなかったし、狭い場所なので中には少しの間しかいなかったです」

「構いません。どうやって中に入って、何をしたかを話してください」

「はい、それじゃあ」

爽太は記憶をさぐった。

「廊下を歩いて、まずは休憩室に入りました。次に喫煙所の扉を開けました。喫煙所の扉にはドアノブも鍵もついていません。押せば中に開く仕様です。休憩室に置いてある消毒用アルコールのスプレーを自分の手と扉の両方に吹きかけて、それから肘で扉を押しました。中は狭くて、畳一枚分ほどの広さです。窓はありません。正面に換気扇があって、その下で煙草を吸えるようになっています。ステンレスの台の上にガラスの灰皿が置いてあり、足元には赤い消火器がありました。電気と換気扇のスイッチをそれぞれ入れて、それでしばらく様子を見ました。でも特に異常もないので、電気と換気扇を消して外に出ました。本当に特別なことは何もなかったです」

「スイッチを入れたとき、換気扇は普通に動きましたか」

照明はソケットにコンセントを差し込むＬＥＤ製のものだった。配線工事をすると大掛かりになるので、誰かが量販店に行って買ってきたのだろう。換気扇は古い物のため、スイッチを入れるとガガガと音がして、埃がパラパラ落ちてきた。一瞬壊れたのかと思ったが、しばらくするとファンは安定して回り出した。

「――それで最後に埃を掃除して外に出ました」

「埃は最初から落ちていたわけではなく、換気扇を動かしたときに落ちたのですね」

と毒島さんは爽太に確認した。

「はい。そうです」

「それをどうやって片付けましたか」

「ポリ手袋をしていたので、指でつまんでゴミ箱に捨てました」

「そのポリ手袋はどうしましたか」

「十階まで戻って、一〇〇二号室のゴミ袋に入れました」

「そうですか」毒島さんは頷いた。

「喫煙所の中でももちろんマスクはつけていましたよね。落ちてきた埃はどんなものでしたか」

「どんなって、普通の黒い埃でしたが」

「どれくらいの量でした」

埃の量を正確に伝えるのは難しい。

「そうですね。お赤飯にのっているごま塩くらいの感じですかね」

たしかそれくらいの量がステンレスの台の上に落ちていた。

「みんなで掃除をしたんですよね。それなのに換気扇から埃が落ちてくるというのは変ですね。喫煙所を使いはじめてから付着した埃でしょうか」

爽太は考えた。

「……そうではないと思います。黒くて粘った感じの埃でした。あれは最近ついたものではないと思います。油がついていたような感じです。もしかしたら掃除が甘かったのかもしれません。掃除したときに取り切れなかった埃がその後に乾いて、換気扇の振動で落ちたということかもしれません」

取り外したファンは落合さんと中町さんが水洗いして、台座部分を本橋さん、馬場さん、笠井さんで掃除したと言っていた。本橋さんはともかく馬場さんと笠井さんが真剣に掃除をしたかは怪しいと思う。これまでのことから考えて、こびりついた油汚れの七割から八割、いや六割を落とせれば、もういいだろうと終わりにすることは想像できた。

それを言うと、毒島さんは持っていたペンをクルリと指の間で回した。

「数十年も使っていない換気扇を掃除するのは大変です。こびりついた油や埃が落ち切らずに残っていた可能性は大いにありますね。でももっと問題なのは換気扇のスイッチを入れて、それが部屋の中に落ちたことです。換気扇とは部屋の空気を戸外に排出するためのものです。埃が取り切れていないのは仕方ないとして、どうして埃が中に落ちるのでしょうか」

言われてみればたしかに変だ。でも実際に見ていた爽太はそういう感じは受けなかった。

「スイッチを入れた瞬間、ガガガと大きな音がしたんです。埃が落ちたのはそのときです。もしかしたらですが、最初にファンが逆回転したのかもしれません。そしてしばらくしてから正常に回り出しました。だからその後は余計な音もしないし、埃も落ちてこなくなりました」

「なんとなくわかってきました」

「もしかして」爽太もようやく気がついた。

「換気扇の埃に新型コロナウイルスが付着していた。それが換気扇の逆回転で中に吹き込んだ。それを媒介に感染拡大したということですか」

埃が目に入って指でこすったことを思い出す。

「はい。換気扇に付着した埃が媒介になった可能性はあると思います。それが新型コロナウイルスかどうかはわかりませんが」

毒島さんはペンの頭を口元に押し当て、考え込んでいる。

「換気扇の掃除ですが、建物の外側もしましたか」

爽太は建物の見取り図を頭に描いた。休憩室と喫煙所は、爽太のいる一〇〇七号室と同じく隣のビルと密接した位置にある。

「してないと思います。隣の建物との距離が近くて、脚立も立てられないような場所なので」

「ということは、換気扇の外側に感染の原因となるモノが付着していた可能性がありますね。換気扇を動かしたことで、ファンが逆回転して、それが室内に流入した」

それで喫煙所を使う人に感染症が広がったということか。

たしかに煙草を吸うときはみなマスクを外す。そのときに感染源が室内にあればひとたまりもない。

「でもそんな場所に何が付着していたんでしょうか」

「SARS‐CoV‐2は、もともとヒトに感染するウイルスではありません。当初、このウイルスが広まったとき、中国の野生動物の肉を扱う市場が発端だと言われていたのを知っていますか」

「知ってます。たしかハクビシンとか、センザンコウとか、コウモリとかを宿主とするウイルスが人間に感染して広まったという話ですよね」

その後に市場ではなく、ウイルスを研究する施設から漏れたウイルスが広まったという噂も流れた。どちらが正しいのか、あるいはどちらも間違っているのか、現時点ではくわしいことはわかっていない。

「他の動物を宿主とするウイルスがヒトに感染して広まることは珍しいことではありません。インフルエンザのウイルスも元は水鳥を宿主にしています」

「もしかして換気扇の外にその動物が？」

建物の外側には雨風除《よ》けのフードがついている。換気扇の下には張り出した台のような突起もあるし、人も滅多に来ないので、小動物が雨風をしのいだり、巣を作ったりするのには絶好の場所ともいえる。

しかし野中の一軒家ではなく、都会の真ん中にあるホテルなのだ。ハクビシンやセンザンコウがいるとは思えない。

いや、違う……。

その可能性に思い当たって、ぞっとした。

「──コウモリですか」

前に馬場さんが、コウモリなんてどこにでもいると言っていた。

「コウモリがホテルの外側に棲みついて、そこから新型コロナウイルスが発生したということですか」

しかし毒島さんの説明が爽太の不安を打ち消した。

「コウモリ由来のウイルスは数多く知られていて、狂犬病、日本脳炎、リッサウイルス感染症、ヘンドラウイルス感染症などがあります。しかしコウモリ由来の感染症の多くはヒトへ直接感染するのではなく中間宿主を介して感染します。以前流行したSARSも、キクガラシコウモリからハクビシンなどの動物を介してヒトに感染したと考えられています」

そういうことなら大丈夫そうだ。爽太は思わず息をついた。

「ホテルの周辺にコウモリがいるんですか」

逆に毒島さんが意外そうに言う。

「路地の暗がりで見た記憶があります」

爽太は馬場さんから聞いた話を伝えた。

「そうですか。それは気づきませんでした。今度、夜帰るときに私も探してみます」

毒島さんは興味をひかれたように口にする。

「それはそれとして、今回問題となるのは他の動物です。たとえばネズミ、猫、鴉、鳩などですが、ホテルの近くで見たことはありますか」

「ネズミ、猫はあまりないですね。鴉は声をよく聞きます。鳩は窓の外に止まっているのを見ました。通行人が糞をかけられて、クリーニング代を出せと文句を言ってきたこともありますね」

「それはいつ頃の話ですか」

「三月のはじめ頃です」

「三月……」

毒島さんはペンを口元に当てて考え込んだ。

咳が出そうになって、爽太はハンカチを口元に当てた。ふと見ると、スマートフォンの通信アプリに新しいメッセージが届いていた。くるみからだった。

「発熱したスタッフがまた出ました」

内容を見て爽太は言った。

「系列のホテルからヘルプに来た夜勤の男性です」

爽太が喫煙所に行った夜、フロントにいたスタッフだ。

「今日になって発熱したそうです」

「その人は煙草を吸いますか」

「確認してもらいます」

もしそうなら喫煙所で感染が広がったことは間違いないだろう。

「とりあえず喫煙所はすぐに使用禁止にした方がいいですね」と毒島さんが言った。

「総支配人に伝えます。でも原因はなんでしょう。本当にコウモリじゃないんでしょうか」

「上の方に頼むことができるなら、喫煙所の換気扇の外側に動物の巣のようなものがないかを調べてもらえませんか。一応マスクと手袋をして、何かあっても必要以上に近づかないように注意を払ったうえで」

「わかりました」

いったんパソコンの前を離れて、内線電話で総支配人にその内容を伝えた。ヘルプの男性についてはすぐにわかった。ヘルプに来た早々、喫煙所の場所を質問したというのだ。喫煙者で間違いはないだろう。

喫煙所の閉鎖の依頼、および換気扇の外側の確認をしてほしい、と爽太は総支配人に伝えた。

「水尾さん、現在の体調はいかがですか」

パソコンの前に戻ると、気遣うように毒島さんが訊いてきた。

「さっき薬を飲んで楽になっていたのですが――」爽太は自分の額に手を当てた。「また熱が上がってきたような気がします」

「測ってください」

爽太は体温計を使用した。

「――三十七度八分です」

「具合はどうですか」

「胸が苦しい感じです。咳がひどくなりそうな気もします」

「すいませんが、脈を測ってもらえますか」

爽太は右手首を左手で握った。

「一分間で……六十回くらいです」

毒島さんはスマートフォンで何かを検索してから、「相談ですが、これから病院に行けますか」と言った。

「……病院ですか。いいですが、行ってもアセトアミノフェンを出されるだけではないですか」

「私も一緒に行きます。それでドクターに事情を話します」

「事情って何ですか」

「水尾さんがCOVID-19ではない、別の感染症にかかっている可能性です。私の推測が正しければ、水尾さんたちの症状はそれで改善します。ただこの時期、話を聞いてくれる病院やクリニックがあるのかが問題です。発熱外来を設けている病院も限られますし……。心当たりに電話をかけて、話を聞いてくれるドクターを探します」

話し方が完全に仕事モードになっている。

行けるとしても夕方以降になると思います、だからそれまでは体を休めてください、と毒島さんは言った。

「それと馬場さんと笠井さんが同じフロアにいるなら、ひとつ確認してもらってもいいですか」

「何でしょう」

「お二人が、総支配人の許可がおりる前に、こっそり喫煙所を使ったことがなかったかどうか。話を聞く限りでは、お二人ともあまりコンプライアンスの意識が高くないようですので、もしかしたらそういうことがあったかもしれないと思います」

そうか。そうだとしたらあの二人がみんなより先に発症した理由がわかる。中町さんも馬場さんと親しかったようだし、その可能性はありそうだ。

「わかりました。訊いてみます」

爽太は内線電話に手を伸ばした。

4

三月が終わり、四月になった。

しかし新型コロナウイルスの洗礼を受けた世界は、いまだ変わらずそこにある。

不要不急の外出はしないで、三密を避けて、ステイホームに努めること。

それがこの混乱した世界を落ち着かせる唯一の方法だと、マスコミは朝から晩まで言い続けている。

世間の混乱はいまだ鎮まる気配を見せていないが、ホテル・ミネルヴァのスタッフ間で広まった感染症は沈静化していた。

爽太の発熱や咳は治まり、胸の苦しさや倦怠感、筋肉痛なども感じることはなくなった。毒島さんのアドバイスに従って、クリニックに行き、抗生剤を処方してもらったことで、嘘のように症状はなくなったのだ。

「症状が治まったのはいいことですが、くれぐれも抗生剤は飲み切ってくださいね。熱が下がって、咳が止まったからといって、途中でやめることのないように。どうかみなさんに注意喚起をしてください。特に馬場さんと笠井さんは要注意です。絶対に途中でやめないように、水尾さんからもしつこいくらいに言ってください」

毒島さんにそう釘を刺されても、爽太は煩わしいとは思わなかった。

感染症の苦しさや不安を痛いほどに味わっていたからだ。これで耐性菌が発生したらさらにとんでもないことになる。

「わかりました。絶対に最後まで飲み切るように厳しく言います」

あの日、毒島さんはタクシーを呼んで、爽太を水道橋《すいどうばし》の内科クリニックに連れて行った。一般の診療を夜六時に終えた後、七時から九時まで発熱外来を設けているクリニックとのことだった。

クリニックでは、通用口から入って、待合室や診察室を通ることなくレントゲン室に案内された。医師は四十歳前後の男性だった。フェイスシールドとビニール製の防護服を装着して、爽太とは二メートルほどの距離をあけて座っている。

「すいません。先ほど電話した毒島です」

毒島さんがまず医師に挨拶をした。

「ああ、あなたが――」と医師がくぐもった声で言う。二人はレントゲン室の外にいるために、会話はところどころしか爽太に聞こえない。

「電話で聞きましたが――ですか」

「今回は無理なお願いを――」

「構いませんが――」

「国立感染研究所のサイトで――」

「――それで抗生剤がほしいということですね」

「はい。いかがでしょうか」

「本来は血液検査やＰＣＲ検査を――」

「それは重々承知しています」

「――状況が状況ですから――第一選択はテトラサイクリン系かな。ドキシサイクリンかミノ――です。商品名は――そちらに在庫はありますか」

「大丈夫です。すいません。勝手なお願いを――」

「構いませんよ。こちらとしてもリスクを――」

「ありがとうございます」

「――これで治らなければ、あらためて保健所に相談してください」

医師と毒島さんの会話をぼんやりと聞きながら、タクシーの中で聞いた毒島さんの話を思い出す。

そこは何軒も電話して断られた後、ようやく見つけたクリニックだとのことだった。

あの後、総支配人はすぐに喫煙所の換気扇の外側を確認してくれた。

毒島さんが想像した通り、そこには空になった鳥の巣があった。

卵の欠片が落ちているところから考えて、雛《ひな》が育って、親鳥ともども巣立った後だと思われた。落ちていた羽を写真に撮ってネットで調べたところ、巣の持ち主は鳩らしいとわかった。爽太はそれを電話で毒島さんに伝えた。

「やはりオウム病の可能性が強いようですね」

オウム病とは、オウム病クラミジア・シッタシ《クラミジア・シッタシ》による人獣共通の感染症だ。

インコ、カナリア、雀《すずめ》、鳩など百三十種以上の鳥類が宿主になり、オウム目鳥類や七面鳥《しちめんちょう》からヒトに感染するケースが多い。病鳥の排泄《はいせつ》物から吸入することが感染の主体となるが、口移しの給餌や噛まれることで感染することもある。

感染した鳥類は産卵期や雛を育てる期間などに大量に菌を排出する傾向がある。繁殖期である四月から六月、次いでその前期間である一月から三月に多く排出されるというデータもあるそうだ。

ヒトが感染、発症すると高熱、咳、頭痛、全身倦怠、筋肉痛、関節痛などの症状があって、上気道炎や気管支炎といった軽症例から、重症化すると肺炎を起こすこともある。悪化すると髄膜炎や多臓器障害などから死に至ることもあるそうだ。

総支配人の話によると、見つかった鳩の巣はつい最近まで使っていた形跡があるらしい。

鳩にすれば、雨風やカラスから身を守る安全な場所だったのだろう。同じ番《つが》いか違う番いかはわからないが、何年も続けて訪れていたようだ。

換気扇を動かすたびに逆回転するファンが、糞と一緒にクラミジア・シッタシを室内に吸い込んだ。そしてそれを吸ったスタッフがオウム病を発症したというわけだ。

クラミジア・シッタシは排泄された糞の中で二〜三日生存する。人に感染すると一〜二週間、ときには三〜五日の潜伏期間を経て発症する。

オウム病だとわかれば治療自体は難しくない。

重症化していなければ、抗生剤を服用することで快方に向かう。ただしクラミジアは細胞内寄生菌であるため、症状が消失した後でも二週間は抗生剤を飲み続ける必要がある。またドキシサイクリンはカルシウム、マグネシウムと相互作用があるので、それを含むサプリメントや乳製品とは一緒に服用しないように注意する。

問題となったのは検査と治療をどうするかということだ。病原体であるクラミジア・シッタシを特定するには、PCR検査か、血液検査を行う必要がある。しかし新型コロナウイルスが感染拡大しているこの状況において、そんな事情を説明しても、PCR検査を受けることはほぼ不可能だ。

血液検査であっても、患者が発熱していると聞くと二の足を踏むクリニックや病院が多かった。もちろん病院やクリニックが、医師や看護師を守るために無用なリスクを避けたいと考えることは理解できる。

だから毒島さんは、検査を抜きにして、とりあえず抗生剤を処方してもらえる診療機関を探したのだ。一連の事情を説明し、自分は薬剤師だと打ち明けたうえで、検査抜きで抗生剤を処方してもらえないかと頼み込んだ。

抗生剤を処方して、それで症状が改善されれば、症状が治まった時点であらためて血液検査を受ける。血液中に抗体が確認できれば、オウム病だったことが証明される。オウム病は四類感染症だから、医師には保健所への届け出義務があり、届け出を受けた保健所は、対象物を調査したのちに感染源の消毒措置をとる必要がある。

そういった一連の流れを考慮したうえで、お互いにもっともリスクの少ない提案をしたわけだ。しかし怪しまれたのか、面倒がられたのか、「ウチでは出来ないから、他を当たってくれ」と軒並み断られたそうだった。

受け入れてくれるクリニックを探すのに、十か所近くの病院やクリニックに電話をした、と毒島さんは言っていた。

後からそれを聞いた爽太は、頭が下がる思いになった。

抗生剤を服用した翌日には熱が下がって、二日後には咳も治まった。

そうなれば他のスタッフにも同じことをしてもらえばいいだけだ。爽太が行った水道橋のクリニックに行って、同じ薬を処方してもらうようにお願いした。

自宅が遠い人は最寄りの医療機関に行って、オウム病に効果のある抗生剤を処方してもらうように話をした。医師に事情を説明するための文言は、毒島さんが文書を作ってコピーを配った。それでなんとか全員の症状は治まった。

その後、保健所の担当者が来て調査をしたところ、換気扇の外側にあった鳩の巣からやはりオウム病クラミジアが検出されたそうだ。感染者から採取した検体と遺伝子配列も一致したそうで、やはりオウム病の集団感染だったという結論が出た。

総支配人が保健所の担当者から聞いた話では、状況によってはホテルの業務を一時停止して、従業員や宿泊客の健康観察を開始するほどの事態になった可能性もあるという。そこまでにならなかったのは、発症者が従業員に限られていたこと、すでに感染源が判明していてその対処が迅速にできたこと、感染者の症状が落ち着いて、新たな発症者が出ていないためだ、と言われたそうだ。

こうしてホテルに発生した集団感染の騒ぎは終息した。

5

「いや、何にしてもよかったよ。みんな元気になって、これでとりあえず一安心だ」

体調が回復して一週間が経っていた。

快気祝いの飲み会をしたいな、と馬場さんは提案したが、政府から緊急事態宣言が発出されて、近隣の飲食店はすべて店を閉めていた。

繁華街に足を延ばせば開いている店もあるが、この状況でさすがにそうするわけにもいかない。

そこでビデオ通話アプリを使ったオンライン飲み会を行うことにした。

「いや、今回のことは反省しているよ。本当に俺が悪かった」

四分割されたディスプレイの中で、馬場さんは殊勝な顔で頭を下げる。

「総支配人の許可が出る前に喫煙所に忍び込んで煙草を吸うなんて、中学生みたいなことをするからバチがあたったんですよ」

くるみの言葉に、馬場さんは亀のように首を縮める。

馬場さんが打ち明けたところによると、換気扇の掃除をしたその日の夜から、夜勤のときにこっそり中に入って煙草を吸っていたそうだ。

その数日後、夜勤明けに喫煙所を使っているところを中町さんに見られて、中町さんも真似をした。その後に笠井さんも気づいて同じことをしたらしい。

そういう理由があって、三人はみなより早いタイミングで発熱したのだ。

「たしかに悪いのは俺たちだよ。それについて異論はない」

隣のフレームで笠井さんも頭を下げている。

「でも俺と馬場さんがフライングをしたせいで、みんなより先に発症して、それがきっかけでオウム病と判明したわけじゃないか。俺たちがフライングしていなかったら、喫煙所の使用開始後にみんな一斉に具合が悪くなって、ホテル全体がパニックになったと思うんだ。だからこれは怪我の功名と言えると思うんだけど」

笠井さんが言い訳するが、ばっさりくるみが切り捨てる。

「結果としてはそうですが、でも大の大人として、その行動はどうかと思います」

「いや、でもさ」と言いかける笠井さんを、「それ以上はもう言うな。今回は本当に俺たちが悪かったんだ」と馬場さんが遮った。

「今回のことで俺は本当に反省した。自分の体は自分で気をつけるしかないということがよくわかった。五十歳を過ぎたら、病気になることを前提に自分の健康状態に気を配らなければいけないと気がついた」

いつになく真剣な言葉を口にする馬場さんに、逆に笠井さんが驚いたようだった。

「どうしたんですか。酒や煙草をやめて長生きしても仕方ないって、前はよく言ってたじゃないですか」

「そう思っていたのは事実だし、今でも心の底ではそう思っている。でもな――」

深くため息をついて、「まさか死ぬとは思わなかったよ」と有名なテレビタレントの名前をあげた。

そのタレントは三月の終わりにＣｏＶＩＤ－19による感染症で死去したと報じられていた。体調不良を訴えて、検査ののちに緊急入院したが、あっというまに重症化して、治療の甲斐なく命を落としたということだった。

「俺たちの世代にしたら神様みたいな人だったんだ。七十歳になってもテレビで元気に活躍していたのが、こんな突然に亡くなるなんて、人生の儚《はかな》さを目の前に突きつけられて、虚《むな》しくなるような気分だよ」

だから自分の健康についても真剣に考えるようになった、と馬場さんはしんみりした声を出す。

「今回は本気みたいですね。それなら抗生剤は最後まで飲み切ること、それから糖尿病の再検査に行くことを約束してください」

爽太が言うと、わかっている、と馬場さんは頷いた。

「緊急事態宣言が解除されたら絶対に行く。逆にそれまでは外に遊びには行かない。

外飲みはもちろん、麻雀もパチンコも公営ギャンブルも、新型コロナウイルスの感染拡大が収まるまではお休みだ」

そう言いながら手に持った缶ビールを口に持っていく。その発言に慌てたのは笠井さんだった。

「いや、でも、今回の件は総支配人にも責任があるんじゃないですか。昔は設備メンテナンスの業者と保守契約を結んで、屋上や外壁の点検もやっていた。でも総支配人が経費削減で契約を打ち切ったんです。契約を続けていれば、あんな場所に鳩の巣が放置されることはなかったし、みんながオウム病にかかることもなかったです」

「総支配人のせいにするのはどうかと思いますよ。馬場さんの具合が悪くなったとき、体調を心配してホテルの客室で休ませるように、と言ってくれたのは総支配人ですし、笠井さんが発熱したときも、ホテルでの受け入れをOKしてくれたじゃないですか」

爽太は言ったが、笠井さんは折れない。

「俺はその発言は甘いと思う。総支配人が本当に馬場さんのことを心配して、客室で自主隔離させたと本気で思っているのか」

「それ以外に理由があるんですか」

「総支配人が心配していたのはホテルのことだよ。従業員から新型コロナウイルスの陽性患者が出たとなれば、大きな騒ぎになる可能性がある。横浜港のクルーズ船のことが連日テレビで放映されたことは覚えているだろう。噂がネットで広まれば、わざわざウチのホテルに泊まろうという人はいなくなる。インバウンドがなくなったいま、これ以上予約が減れば売上は潰滅的になる。そうなることを総支配人は避けたいから馬場さんを隔離したわけだ」

「そういう面はたしかにありますね」

煙草をくゆらせながら言ったのは落合さんだ。鋭角的なボブカットで、普段は寡黙な彼女を評して、夜霧のハウスマヌカン風だと馬場さんは言うが、爽太に意味はわからない。

「いや、でもそれは仕方ないだろう。俺が総支配人でも同じことをする。あいつは組織の長として当然のことをしただけだ」と馬場さんは言った。

馬場さんが総支配人をかばうとは意外だった。ただ年上とはいえ総支配人をあいつ呼ばわりをするのはどうかと思うが。

「ああ、すまん。つい口に出ちまった。前は俺の後輩だったからな」

その言葉には全員が驚いた。

「そうだったんですか」「知りませんでした」「意外です」と爽太とくるみと落合さんは同時に言った。

「昔の話だ。当時、在籍していたホテルでの話だよ。あいつは優秀だったから出世して、俺はこんな調子だからヒラのまま。それでお互いそのホテルを辞めて、あちこちをグルグルまわって、二十年後にまたこのホテルで出会ったということだ」

この業界はせまいから、そういうことはよくあるんだよ、と馬場さんは笑う。

「それは俺も知りませんでした。そういうことなら当時の話を聞きたいですね。総支配人が若いときはどんなだったんですか」と笠井さんが水を向ける。

しかし馬場さんは笑いながら、「まあ、その話はまたにしよう」と立ち上がる。すぐに戻ってきたが、手には新しいビールの缶がある。

「色々あったが、こうしてみんなで酒が飲めて万事オーケーということだ。いや、これは酒じゃなかったな。今回のことで俺は本気で反省したよ。だから笠井にならって、これからは二本に一本はこれにする」

手にした缶をカメラに突き出した。ビールだと思ったが、よく見るとラベルが違う。あれだけ嫌っていたノンアルコールビールだった。

「それにしても、こうしてまた飲めるのもすべて水尾くんの彼女のお陰だな。今回の騒ぎにあたって、探偵ばりの活躍をしてくれた水尾くんの彼女に乾杯だ」

馬場さんがノンアルコールビールの缶を持ち上げる。

「たしかにそうですね。毒島さんには感謝しかないです」くるみもサワーの缶を持ち上げた。

いや、彼女じゃないけど、と爽太が言うより先に、

「それって、水尾くんの知り合いの薬剤師の人のこと？」と落合さんが言った。

「その人、薬にくわしいの？」

「もちろんですよ。私なんて二度も助けてもらいました」

「そうなんだ」落合さんは耳の横で切り揃えられた髪に指をやり、

「じゃあ、私も紹介してもらおうかな。ちょっと相談したいことがあるからさ」

「もちろんいいですよ、って私が言うことじゃないですね。水尾さん、紹介してあげてくださいね」とくるみが笑いながら言う。

みなが盛り上がる中、「すいません。トイレです」と言って爽太は席を外した。

久しぶりにアルコールを摂ったせいか、頭が痛くなってきた。

トイレを済ませ、台所に行って冷蔵庫から冷たいお茶を取ると、部屋に戻ったが、会話には加わらずにぼんやりと毒島さんのことを考えた。

毒島さんとビデオ通話アプリで話をしたのは三日前だった。

「お医者さんを探してもらったうえに、タクシーでクリニックに連れて行ってもらって色々とお世話になりました」

熱が下がって以来、面と向かって話をするのはそれがはじめてだった。

「患者さんの健康相談に乗るのも薬剤師の仕事ですから気にしないでいいです」

毒島さんはいつもそう言うが、さすがに今回はその範疇《はんちゅう》を超えている。大げさな言い方をすればホテルの危機を救ったのだ。しかしそれを言っても毒島さんの態度は変わらない。

「前にも言ったと思いますが、私が薬の知識を日々蓄えているのは、患者さんに薬を適正に使ってもらいたいためです。だから薬や病気についての質問をされるのは、私にとって面倒ではなく嬉しいことなんです。つらいのは薬について、誰にも相談されないことです。せっかく蓄えた知識の使い道がないほど悲しいことはありません。だから気にせずに、わからないことがあればどんどん相談してください」

毒島さんのスタンスは最初に会って以来まったく変わらない。

「そう言ってもらえると気は楽になりますが……。でも新型コロナウイルスの感染拡大が今後どうなるかも含めて、将来への不安はなくならないですね」

毒島さんの話が優等生すぎるので、爽太もつられて、話題はかしこまったものになる。

「今は自分ができることをするしかないですね。どうめき薬局のことで言えば、患者さんの数が減ったことで、一人当たりにかける時間が増えました。これまでは常に他の患者さんの待ち時間を頭に入れながら投薬をしていたのですが、それがなくなったせいで余裕をもって薬の話をしたり、質問を受けたりすることができるようになりました。赤ちゃんや、小さなお子さんを連れたお母さんともゆっくり話ができるようになったのはとてもいいことだと思います。今はお年寄りから子供まであらゆる世代の人が不安を感じていますが、赤ちゃんや小さなお子さんを連れたお母さんほど、その重圧が大きな人はいないとも思うので――」

毒島さんは今日もミサンガを右手首につけている。

――神谷さんのことですね。

そう言いかけて口をつぐんだ。刑部さんに内緒にしてくれと言われていたのを思い出す。

なんでしょうか、という目を毒島さんは向けてきた。

何か言わなくては、と焦ったせいか、「あの――子供が好きなんですか」という質問が口から出た。

そんなことを言うつもりはなかった、と慌てたが、毒島さんは妙な顔をすることもなく、

「はい。好きです。薬剤師でなかったら小学校の先生になりたかったと思います」と頷いた。

「へえ、そうなんですか。意外です」

とっさに爽太はそう言ったが、よく考えると似合っているかもしれない。

「こんな世の中になると、子供の将来を悲観的に考えてしまう女性も出てくると思います。かくいう私も、こんな時代に生まれた子供は幸せだろうか、と考えてしまいます。答えのない疑問ですが、考え始めると堂々めぐりになって、それなら結婚や出産もしなくていいか、とつい投げやりな気持ちにもなりますね」

「それは一人でいいってことですか」

「今は一人で不都合はないですね。自分の年を考えなさいと方波見さんには怒られますが」と毒島さんは言う。

「あの、理想の男性とかはいるんですか。芸能人でいえばこんな人がいいとか、結婚するに当たってはこんな相手が理想だとか」

このタイミングをおいて他はないと、思い切って訊いてみた。

「学生時代は好きな芸能人とかもいましたけれど……今はそういうことは気にしないですね。結婚ということを考えるなら、薬剤師の仕事を続けることは当然として、家に帰っても家事より薬の勉強をすることを許してくれる男性が理想的かもしれないと思います」

そういう男性がいるかどうかはわかりませんが、と言葉を続けて、

「水尾さんはどうですか。まだお若いようですが、どういう女性が理想ですか」と訊いてきた。

どう答えればいいだろう。爽太は頭をフル回転させて考えた。

「――昔は好きな芸能人とかもいましたけれど、今は一緒にいて充実した時間を過ごせる相手がいいと思います。一言でいえば、考え方や感じ方をリスペクトできる相手ですね。一緒にいることでお互いがお互いのためになる。そんな相手がいれば理想的だと思います」と慎重に答えた。

「それはいいですね。私もそういう考え方は好きです。同じ時間を共有して、お互いに成長できる関係というのは大切なことだと思います。一緒にいて、話をしているだけでも楽しく感じる。そんな相手であれば、きっと結婚してもいいと思うのかもしれません」

毒島さんが楽しそうに言う。

――自分にとってそういう相手が毒島さんなのですが。

そんな言葉が喉元まで出かかった。しかし最後の最後で勇気が出ない。

「僕も毒島さんと会っていると、面白い話をたくさん聞けて楽しいです」

とっさにそう言ったが、もちろん意図することは伝わらなかった。

「そうなんですか。そう言われると、逆に面白い話をしなければというプレッシャーがかかりますが……」

毒島さんは嬉しさと困ったのが混ざったような笑みを浮かべて、右手首に巻いたミサンガを撫でる。

「……そうですね。オウム病の原因となるクラミジアなのですが、細菌とウイルスの中間の生物学的性質をもつ微生物ということはご存知ですか。偏性細胞内寄生細菌といって、動物の細胞内でしか増殖ができない性質をもっているんです。前に細菌とウイルスの違いを説明しましたが……」

「細菌は細胞をもっていて自分で増殖できる。それに対してウイルスは細胞をもたずに、動物や植物の細胞に潜り込むことで自己複製をする、ということでしたよね。あとウイルスは細菌に比べて非常に小さいとか」

「その通りです。クラミジアはサイズが大きく、細胞壁をもっていることから細菌に分離されていますが、自ら増殖できないという点ではウイルスに似ています。オウム病の名前の由来は、病原体がはじめてオウムから分離されたことからつけられました。しかしニワトリ、ガチョウ、家鴨、鳩、インコなどの鳥にも感染することが確認されているので、本来はトリ・クラミジアと呼ぶべき病気だと思います。それから――」

毒島さんの話はそれからも続き、爽太は興味をもって聞き続けた。

結局、その日は二時間近く会話をした。楽しかったが、お互いの距離を縮めるまでに至らなかったことがもどかしい。

そんなことを思い出していると、いきなり名前を呼ばれた。

「どうしたんですか。ぼうっとして、また具合が悪くなりましたか？」

くるみだった。心配そうな眼差しで爽太を見ている。

「いや、平気だよ」

爽太は笑いながら背筋を伸ばした。

新型コロナウイルスの問題が収まったら、毒島さんに会いに行こうと思いながら。

本書は書き下ろしです。
作中に出てくる薬の商品名は架空のものです。
薬は医師や薬剤師に相談のうえご使用ください。
この物語はフィクションです。作中に同一の名称があった場合でも、
実在する人物・団体等とは一切関係ありません。

〈参考文献〉
『日経DIクイズ　BEST100』笹嶋 勝監修　日経ドラッグインフォメーション
編集　日経BP社　二〇一五年
『日経DIプレミアム版』二〇二〇年四月号　日経BP社
https://www.niid.go.jp/niid/ja/from-idsc.html
NIID国立感染症研究所

宝島社
文庫

毒をもって毒を制す　薬剤師・毒島花織の名推理

（どくをもってどくをせいす　やくざいし・ぶすじまかおりのめいすいり）

2021年1月22日　第1刷発行
2024年7月17日　第4刷発行

著　者　塔山 郁
発行人　関川 誠
発行所　株式会社 宝島社
〒102-8388　東京都千代田区一番町25番地
電話：営業 03(3234)4621／編集 03(3239)0599
https://tkj.jp
印刷・製本　中央精版印刷株式会社

ISBN 978-4-299-01232-6

宝島社文庫
3分で読める!
誰にも言えない
○○の物語
『このミステリーがすごい!』編集部 編
恥ずかしくて、罪深くて、
恐ろしくて——
ここだけの、秘密の話
蒼井碧
安生正
筏田かつら
一色さゆり
井上ねこ
歌田年
岡崎琢磨
伽古屋圭市
加藤鉄児
喜多喜久
貴戸湊太
佐藤青南
志駕晃
城山真一
新川帆立
高橋由太
田村和大
辻堂ゆめ
塔山郁
中村啓
中山七里
七尾与史
長谷川馨
柊サナカ
深沢仁
森川楓子
定価 750円(税込)
イラスト/田中寛崇

『このミステリーがすごい！』大賞 シリーズ

宝島社文庫

薬は毒ほど効かぬ
薬剤師・毒島花織の名推理

塔山 郁

山荘で渡された怪しげな種子の正体とは？ ハイテンションな女性が家出した本当の理由は？ 薬剤師の毒島は豊富な知識で薬にまつわる様々な事件を鮮やかに解決し、同僚の刑部《おさかべ》とホテルマンの爽太を驚かせる。ある日、毒島たちが訪れた山荘に関して、衝撃のニュースが飛び込んできて……。

定価 840円（税込）